O chamado de Cthulhu

H. P. Lovecraft

copyright Hedra
edição brasileira© Hedra 2020
primeira edição *The Call of Cthulhu*, 1928
edição Jorge Sallum
coedição Suzana Salama
assistência editorial Paulo Henrique Pompermaier
projeto da coleção Lucas Kröeff
capa Lucas Kröeff
ISBN 978-85-7715-648-1

Grafia atualizada segundo o Acordo Ortográfico da Língua Portuguesa de 1990, em vigor no Brasil desde 2009.

EDITORA HEDRA LTDA.
R. Fradique Coutinho, 1139 (subsolo)
05416-011 São Paulo SP Brasil
Telefone/Fax +55 11 3097 8304
editora@hedra.com.br
www.hedra.com.br

Foi feito o depósito legal.

O chamado de Cthulhu

H. P. Lovecraft

Dirceu Villa (*tradução*)

1ª edição

hedra

São Paulo 2020

H. P. Lovecraft demonstrou desde a infância interesse pelas artes e pelas ciências, logo se tornando um leitor precoce. Aos dois anos, viu o pai ser internado em um manicômio, onde permaneceria até morrer cinco anos mais tarde. Lovecraft continuou morando com a família, porém a mãe jamais se recuperou da perda e começou a sofrer distúrbios mentais que afetaram profundamente sua relação com o filho, criando laços doentios entre os dois. Após uma crise nervosa em 1908, quando ainda estava em idade escolar, Lovecraft abandonou para sempre os estudos e passou a levar uma existência reclusa até que, em 1914, descobriu o jornalismo amador. A partir de então principiou a publicar contos de horror e variados artigos em diversos periódicos, bem como a dedicar-se à vasta correspondência que manteria ao longo de toda a vida. Depois de perder a mãe em 1921 e de se casar em 1924, passou uma temporada de penúria em Nova York; esta, somada ao fracasso de seu casamento, obrigou-o a voltar para a casa de suas tias em Providence. Mesmo sem nunca ter alcançado a fama em vida, foi nesta época que Lovecraft escreveu alguns dos contos responsáveis por seu renome atual, como este *O chamado de Cthulhu*. Morreu em 1937, vítima de câncer do intestino.

O chamado de Cthulhu apresenta a figura mais popular de Lovecraft, centro da série sobre os Grandes Antigos, as gigantescas e incompreensíveis criaturas anteriores a esta Terra. É a cristalização, numa imagem, de um tipo específico de terror chamado "cósmico": mas um cósmico íntimo e literário. Em seu Cthulhu, um monstro que dorme no fundo do mar — verde, sombrio, doentio, descomunal e de dimensões inqualificáveis —, o autor procedeu a uma metamorfose do próprio Kraken, monstro marinho e cefalópode da mitologia escandinava, para encontrar um código de seus próprios horrores: mas que funcionou bem, porque o verdadeiro mergulho no medo de um é o mergulho no medo de todos. Um dos grandes clássicos de horror do século XX, *O chamado de Cthulhu* permite um desconcertante passeio pelo universo macabro de um dos grandes mestres do horror.

Dirceu Villa é poeta, tradutor e ensaísta. Publicou cinco livros de poesia, *MCMXCVIII* (1998), *Descort* (2003), *Icterofagia* (2008), *Transformador* (2014), *speechless tribes: três séries de poemas incompreensíveis*, e, entre outros, traduziu *Um anarquista e outros contos*, de Joseph Conrad (2009), *Lustra*, de Ezra Pound (2011), *Famosa na sua cabeça*, de Mairéad Byrne (2015) e *O Anjo Heurtebise*, de Jean Cocteau (2020). Doutor em Literaturas de Língua Inglesa pela USP (com estágio de doutorado em Londres), estudando o Renascimento na Inglaterra e na Itália, e pós-doutorado em Literatura Brasileira. Há sete anos é professor da Oficina de Tradução Poética da Casa Guilherme de Almeida (Centro de Estudos de Tradução Literária).

O chamado de Cthulhu

H. P. Lovecraft

Sumário

Introdução

De homens e monstros: Lovecraft e o horror

DIRCEU VILLA

ABERRAÇÕES ESTADUNIDENSES

Howard Phillips Lovecraft (1890–1937) já foi largamente traduzido e lido no Brasil, e os fatos de sua vida são também bastante notórios: nascido em Providence, Rhode Island, no topo dos EUA, lugar quase enfiado nas águas do Atlântico, Lovecraft veria seu pai morrer ainda cedo de complicações da sífilis, que o enlouqueceram (dizia coisas bizarras ao filho), e sua mãe, em consequência, teria passado o resto da vida em escuríssima amargura (paparicando Lovecraft e punindo-o psicologicamente na mesma medida), o que fez com que o garoto ficasse muito próximo do avô, Whipple Van Buren Phillips (1833–1904), rico empreendedor. Teve uma infância com o mesmo aspecto de seus contos, obrigado a percorrer quartos escuros, imaginando diabretes de Doré perseguindo-o com tridentes pela casa, descobrindo o sexo com desgosto em livros de

anatomia e decidindo aos cinco anos, nietzscheanamente, que Deus não passava de um mito, após ouvir dizer o mesmo sobre o Papai Noel.[1]

A infância — que ao menos tivera o conforto da riqueza do avô — acabou também cedo, com a desgraça empresarial seguida da morte do velho homem por infarto: Lovecraft, a mãe e uma tia solteira foram então lançados à pobreza e a um tanto de desespero. Obviamente, sua vida escolar sofreu com as agruras familiares, e Lovecraft percorreu a escola de modo errático até que o trajeto fosse interrompido em definitivo por um colapso nervoso no segundo grau; o mais próximo que chega de prosseguir com alguma educação formal é um curso de química que faz por correspondência. Essa história frustrada lhe deixou marcas profundas de um desejo de se provar intelectualmente diferenciado, especial, o que se nota mesmo em sua escrita de ficção, muitas vezes na forma de avaliação da inteligência (ou falta de) de seus personagens.

Interessado em ciências e de imaginação vivíssima, também alimentada pela biblioteca do avô (onde desde muito cedo leu livros robustos como as *Metamorfoses* de Ovídio e *A rima do velho marinheiro* de Coleridge, entre outros) e por uma rotina de recitação de Shakespeare com a mãe, Lovecraft era por assim dizer um *nerd avant la*

1. O que se pode ler no importante e interessantíssimo documento autobiográfico, o ensaio "A Confession of Unfaith" (1922), no qual Lovecraft afirma que pouco antes já se dizia um devoto muçulmano e se dava o nome de Abdul Alhazred (por seu fascínio pelas *Mil e uma noites*) mais tarde imortalizado como o *poeta árabe insano* de sua ficção.

lettre, uma fina sensibilidade cultivada — e estraçalhada — no alto da sociedade industrial e mecânica, entre horrores psicológicos, ciência, timidez erótica, desajuste social e medo do mundo, suscetível a colapsos nervosos, e insone.

Lovecraft não parece ter sido um tipo agradável, aspecto biográfico que partilha com aquele de quem — não sem bons motivos — se diz que descende: Edgar Allan Poe (1809–1849). Mas a passagem de Poe para Lovecraft explica-nos igualmente um pouco da história dos EUA, o país de ambos, e onde ambos viveram quase anônimos: se Poe era um alcoólatra neurótico, Lovecraft foi um ultraconservador paranoico, repleto de preconceitos enraizados e violentos. Penso que a *doença* — se pudermos utilizar a palavra com alguma licença poética — de Poe como a de Lovecraft é a *doença da percepção.* Os dois notaram um complexo de horrores futuros, ainda sem forma, mas que perturbavam suas finas percepções. Se Poe herdou as visões perturbadoras do alemão E. T. A. Hoffmann (1776–1822),[2] Lovecraft herdaria, por sua vez, as de Poe.[3]

2. Contos como "Die Automate" (Os autômatos) e "Der Sandmann" (O homem da areia) são duas das mais importantes peças desse gênero de literatura, cujos desdobramentos reais Sigmund Freud teria a felicidade de nomear "Das Unheimliche" (O inquietante, 1919), no valioso ensaio que define um tipo recente de horror, o do familiar-estranho, que veremos adiante.

3. E há quem diga que Stephen King herdou de Lovecraft. O que não parece muito exato, porque o maciço e contínuo sucesso multimilionário torna King menos perceptivo. Como King mesmo disse, sua literatura é o equivalente de um Big Mac. Nada contra o Big Mac, nem contra King, mas isso explica por que o autor detestou a adaptação cinematográfica do seu *The Shining* (O iluminado, 1977) por

Haveria apenas um outro ponto fundamental para entender a estrutura mental do horror lovecraftiano: Mary Shelley (1797–1851) com seu *Frankenstein* (1818). Lá se encontra pela primeira vez o tipo de horror científico que se entrevira nos autômatos de Hoffmann, ele mesmo um passo adiante das narrativas que o grupo de Byron leu naquela famosa estadia na Suíça, o *Gespensterbuch* (O livro de fantasmas, 1811–1815) de Johann August Apel e Friedrich Laun, em que seus organizadores reúnem e reescrevem antigas narrativas folclóricas de horror germânico. Mary Shelley leva essa narrativa a um ponto que não se poderia imaginar antes, trazendo o foco a uma absoluta *hybris* da razão.[4]

O subtítulo a *Frankenstein*, "Prometeu moderno", é precisamente o ponto: a luz da ciência, como sabemos, projeta sombras largas, e Shelley o nota, porque afirma que escreveria dos "medos misteriosos da nossa natureza", mas também, e sobretudo, do que surgiu nas conversas dos escritores reunidos sobre "a natureza do princípio da vida", em particular de um experimento do Dr. Erasmus Darwin (1731–1802), que lhe deixou a hipótese[5] que o

Stanley Kubrick naquela obra-prima de 1980: sua percepção, como artista, está limitada aos *efeitos*, não vê *estrutura*.

4. Para notar como Mary Shelley antecipou questões profundas da humanidade basta lembrar da frase de Robert Oppenheimer (1904–1967), um dos grandes físicos a desenvolver o Projeto Manhattan, o da bomba de hidrogênio, após a explosão das bombas de Hiroshima e Nagasaki: "os cientistas conheceram o pecado". Mary Shelley o soubera muito antes, como a arte em geral o sabe.

5. "Eles falaram" [*eles* são Byron, Shelley, Polidori] "dos experimentos do Dr. Darwin (não falo do que o doutor realmente fez ou disse

próprio Lovecraft depois revisitaria em "Herbert West – Reanimator" (1921–1922).

De resto, como sabemos ao menos desde a frase atribuída a Joseph Heller, autor de *Catch-22* (Ardil-22, 1961), "o fato de ser paranoico não quer dizer que não estejam atrás de você". O século XX geraria uma quantidade realmente espantosa de indivíduos visionários e adoecidos, desconfiados da máquina gigantesca gerada por um Estado crescentemente policial, guerras de dimensão nunca antes vista e a ação viciante da propaganda midiática narcótica para as massas. Este século XXI segue e aprofunda o costume, quando as teorias da conspiração (um bom número delas já nem mais *teorias*, mas *fatos de conspiração*) são a mais popular vertente dos horrores escondidos sob a aparência cotidiana de normalidade. Diria que Lovecraft desempenha um papel estrutural nisso, e eis porque, como veremos, ele é onipresente hoje.

UM MUNDO ESTRANHO

Os EUA surgiriam no ano da independência de 1776, mesmo ano, aliás curiosamente, de surgimento da incom-

que fez, mas, mais ajustado ao meu objetivo, o que então teria sido feito por ele), que preservou um pedaço de verme num vidro até que de alguma maneira extraordinária começou a se mexer com movimentos voluntários. Não é assim, afinal, que se daria vida. Talvez o cadáver tenha sido reanimado; galvanismo já dera exemplo de tais coisas: talvez as partes que compunham a criatura pudessem ser manufaturadas, recompostas, e dotadas de calor vital". "Author's introduction", *in*: SHELLEY, Mary. *Frankenstein or, The Modern Prometheus*. New York: The Modern Library, 1993.

preensível sociedade secreta dos *Illuminati* — criada pelo advogado bávaro Adam Weishaupt (1748–1830) —, com a qual compartilham laços maçons,[6] como vemos no símbolo maçônico da pirâmide com o olho que tudo vê, impresso no dólar, dinheiro estadunidense, símbolo do poder na sociedade; mas precisamente um *novo tipo* de poder, o que faz os bastidores assumirem o centro de irradiação, uma vez que a democracia se convenciona e passa a ser usada apenas como negociação com as massas, com as decisões declaradamente se fazendo a portas fechadas, longe dos olhos de quem poderia não compreender a frieza do que chamam estratégia, ou de quem poderia se horrorizar com certos métodos decisórios.

Os EUA do XIX são portanto os EUA do esforço de se criar uma nação não apenas autônoma, mas nova sob todos os aspectos, uma nação que combinasse ciência (não em abstrato, mas como *aplicação técnica*), um modelo de democracia,[7] um zelo pelo dinheiro segundo a ética pro-

6. E os lemas *Annuit coeptis*, o "Tem aprovado", e o *Novus ordo seclorum*, "Nova ordem dos séculos", em que a palavra "ordem" não deve passar despercebida. A maçonaria também desempenhou um papel fundamental na Revolução Francesa, porque os pedreiros-livres tinham de ser ocultos, dado que o *Ancien Régime* não via com bons olhos o sistema burguês-industrial crescente. E como escreve Walter Isaacson sobre um dos mais importantes agentes da independência estadunidense (e da Constituição do país), Benjamin Franklin: "Franklin se tornou um maçom fiel. Em 1732 ajudou a esboçar o regimento interno da loja da Filadélfia, tornando-se Grão-Mestre dois anos mais tarde e imprimindo sua constituição", *in*: ISAACSON, Walter. *Benjamin Franklin: An American Life*. New York: Simon & Schuster, 2003, p. 106.

7. Democracia já foi muitas coisas diferentes — algumas bem pouco democráticas — desde seu nascimento registrado, em Atenas. Algu-

testante weberiana,[8] e, sobretudo, essa estranha relação, de sombras, com o poder. O ponto fundamental é que se foi criando uma sociedade — desde a divisão do conhecimento e do trabalho, o uso das máquinas da Revolução Industrial, a administração do crédito pessoal por bancos e a categoria de administração da *res publica* por políticos que se distanciam de modo progressivo da esfera efetivamente pública das ações — em que o indivíduo é afastado dos meios da sua existência, e da existência comum com os outros, por camadas e camadas que efetuam, *sem que ele saiba quais e para quê*, suas decisões, uma variação moderna do afastamento exercido pela antiga sociedade estamental.

As sombras são o ponto psicossocial dessa literatura de horror (até freudiano, como se verá), pois há o poder publicamente proposto, e há o poder *de fato*; se sempre foi assim,[9] amplifica-se cada vez mais a oposição entre *apa-*

mas de suas versões aceitavam escravidão; a maior parte de seus modelos excluía as mulheres, por exemplo.

8. A ética puritana, originada no calvinismo da predeterminação dos destinos e da moralidade individual, propõe uma vida de trabalho persistente e de circunspecta obediência aos deveres. Um dos deveres fundamentais é com o dinheiro, porque os deveres são todos do mundo temporal, como o é trabalhar. Não ter dívidas, ser de caráter aplicado e sistemático, profissional racional da divisão do trabalho e empenhado no *lucro*, visto não apenas como um bem da coletividade, mas também como um *dever individual* daquele a quem Deus aponta esse caminho, estabelecem a famosa definição do economista e jurista alemão Max Weber (1864–1920) em sua obra fundamental *A ética protestante e o espírito do capitalismo* (1904–1905).

9. Basta lembrarmos de uma das frases famosas de Elizabeth Tudor (1533–1603), a rainha Elizabeth I: *We princes, I tell you, are set on*

rência pública e *prática reservada*, sobretudo porque é na última que se decidem os rumos político-econômico-sociais e até mesmo culturais. O curto-circuito não é percebido de modo geral pela população — que costuma obedecer à ordem vigente sem muito ruído —, mas é nesse escuríssimo armário de esqueletos da sociedade onde vive a imaginação daqueles dois estadunidenses, Poe e Lovecraft. Lovecraft em particular: seu fascínio pelo distúrbio da consciência, pela ciência ficcional frankensteiniana, pela interferência alienígena, pela agressão simbólica sobre a psique e pela insegurança existencial generalizada são pontos de intensa vibração de uma *angst* que não apenas não envelheceu como está mais viva do que nunca.

O cerne da literatura de Lovecraft está no fato de que *desconfia*, que intui que as maiores forças deste mundo operam nas sombras:[10] sua prática é a de notar o aberrante, mesmo de exagerá-lo para efeito educativo (e que, como deformação extrema, parte da alegoria e tende à caricatura). Quem pensa que o faz pelo motivo trivial de tentar assustar seu público, ou porque sua psicologia literária, como a de Poe, fosse imatura, se engana — so-

stages, "Nós, príncipes, somos postos em palcos", cristalizando a noção, de resto elementar, de que a política monta uma grande fanfarra publicamente e faz o *sinal de Harpócrates* para o que urde, aí de fato, nos bastidores.

10. Para citar de passagem um número de exemplos na obra de Lovecraft que o confirmam: os ratos estão dentro das paredes, as abominações pré-humanas vivem sob o oceano, a própria morte parece apenas um segredo ocultado que é preciso sacar da escuridão, a música inumana vem de um terrível diálogo com as sombras, etc.

bre os dois. Não se trata de fantasia por irrealidade ou imaturidade, mas de uma fina percepção adoentada por uma sociedade que castiga essas percepções. Se ambos surgissem na Grécia de por volta do século V a.C. é bem provável que tivessem escrito tragédias para o apreço do professor Aristóteles, ou que, surgindo no meio do século XVI na Inglaterra escrevessem peças macabras e sanguinolentas à espanhola, como Thomas Kyd fez. Nascendo onde e quando nasceram, escreveram o que se chama, sempre com algum desdém criticamente superciloso, *literatura fantástica.*

LITERATURA FANTÁSTICA: CONTRA A DEFINIÇÃO DESDENHOSA

Fantástico, em sua origem etimológica, é, nos diz Aristóteles, *phos*, ou "luz", em grego.[11] As antigas teorias sobre *phantasía*[12] vinham do campo filosófico estóico que discutia as bases do que hoje chamamos, sem filosofia alguma, *realidade*: em grego distinguia-se entre *phantásmata* (o que a mente encontra no mundo) e *phantastikón* (o que a mente concebe por si, sem a necessidade de achar aquilo

11. Sobre esse assunto em particular, ler o importante artigo de Jorge Sallum, "Phantasía e retórica estóica", publicado na revista digital *Germina Literatura* em março de 2008.

12. GARIN, Eugenio. "*Phantasia* e *imaginatio* fra Ficino e Pomponazzi", *in*: *Phantasia-Imaginatio*, atti del V Colloquio internazionale del Lessico Intellettuale Europeo, Roma 9–11 gennaio 1986, a cura di M. Fattori, M. L. Bianchi, Roma, Edizioni dell'Ateneo, 1988.

no mundo),[13] duas palavras importantes para o propósito filosófico e seríssimo de explicar realidade, imaginação e sonho. Hoje, quando o máximo que se lê é pouco mais do que uma centena de dígitos, filosofia obviamente não é possível; quando era, os estóicos surgiram com uma sagacidade notável, propondo que deus, como *logos*, está em tudo, e, estando em tudo, essa fagulha criadora ativa no *phantastikón* uma concreção do campo imaginativo, uma condensação das quase inapreensíveis *lógoi spermatikói*, ou ideias seminais, aquilo que, seguindo Platão, chamaríamos o *mundo das ideias*, e que Carl Gustav Jung bem mais tarde apropriaria sob o nome de *inconsciente coletivo*.[14]

Fantástico, nesse sentido, serviu também, na Antiguidade, para a circunscrição dos sonhos premonitórios na *Onirocrítica* — não foi Sigmund Freud quem inventou a interpretação dos sonhos —, como definiu Artemidoro de Dáldis (século II d.C.): sonhos com a força de intuir o futuro;[15] ou de rasgar uma delicada fenda dimensional,

13. De modo que *fantasma* e *fantástico* têm origem etimológica comum, o que não é casual nem mesmo se se quiser pontuar tudo o que, depois, separou semanticamente as duas palavras.

14. Há também uma conexão com a antropologia difusionista — o conceito de *Kulturkreise*, ou "círculos de cultura", de Leo Frobenius, no começo do século XX.

15. Ou, nas palavras de Artemidoro: "ficção multiforme da alma que anuncia os bens e os males futuros", *in*: DALDIS, Artemidoro de. *El libro de la interpretación de los sueños*. Edición de M. Carmen Barrigón Fuentes y Jesús M. Nieto Ibañez. Madrid: Ediciones Akal, 1999, p. 70. Os sonhos premonitórios desempenham um papel particularmente interessante em "The Call of Cthulhu", sobretudo se os virmos à luz da antiga onirocrítica.

espaciotemporal, como imaginaríamos depois da Relatividade de Einstein, e também com a parte da ficção-científica atual que escreve sobre o papel do Grande Colisor de Hádrons, o gigantesco túnel para colisão atômica metido num buraco da fronteira entre França e Suíça.

O poder de plasmar a realidade não foi aludido apenas pelos antigos ou por descendentes do poderoso conhecimento oculto no Renascimento, como a noção de *disegno interno* faz ver na escultura italiana:[16] para todos aqueles que admiram a arte cinematográfica de David Lynch,[17] foi exatamente o que Lynch fez no oitavo episódio da recentíssima terceira temporada de *Twin Peaks* (2017). Assistindo ao nascimento de uma nova categoria de horror humano na explosão da primeira bomba atômica no Novo México, em 1945, a Señorita Dido e o Bombeiro — seres metafísicos em seu não lugar metafísico que lembra um cinema — geram a partir de intensa luz uma esfera dourada, então lançada na direção da Terra por um aparelho cujo funcionamento, aliás, não é diferente do da máquina de metafísica amorosa inventada por Marcel Duchamp

16. Como explica Federigo Zuccaro (1540–1609) em seu tratado *L'idea dei pittori, scultori ed architetti*, o *disegno interno* (1607) é *luce dell'intelletto*, e um *oggetto immateriale*. Michelangelo Buonarroti (1475–1564), como outros, assinalava a preexistência da figura já na pedra, que ele apenas liberava.

17. Todos os filmes de David Lynch, como os de Stanley Kubrick, são códigos para mecanismos de imaginação e para a relação complexa entre os conceitos de mente, realidade e manipulação ritualística, pelo poder, das forças imaginárias.

em seu *Grand Verre*, ou *La mariée mise à nu par ses célibataires, même* (1915–1923).

Apesar do desdém da crítica (que vem sendo revertido lentamente nos últimos anos), o fantástico na literatura pode fazer recuar suas nobilíssimas raízes até as fábulas gregas de Esopo,[18] que punham os animais a falar; aos espetaculares feitos de transformação nas *Metamorfoses* de Ovídio (que Augusto de Campos já emparelhou à narrativa cinematográfica muitíssimo *avant la lettre*),[19] depois emulados por Dante na *Commedia*,[20] com seus espantosos monstros teológicos descritos em requintes gráficos; ou às muitas viagens à Lua, de Luciano de Samósata a Cyrano de Bérgerac (o autor, não o personagem derivado dele por Rostand); mas penso que um ponto de inflexão se encontra no poema de John Milton (1608–1674), *Paradise Lost* (Paraíso perdido, 1667).

Lá, no verso 13 do Livro I, Milton define seu longo poema como *adventurous song*, ou "canção aventuresca". Não é uma definição casual e sem importância: imitando tanto a épica greco-latina como o poema teológico de Dante, seu poema nasce confuso e sem gênero claro. *Sem gênero*, até o século XVIII, significa uma anomalia em que

18. Falo apenas das raízes ocidentais. Naturalmente, o Oriente está também repleto dessas raízes do fantástico.

19. "Metamorfoses das Metamorfoses", *in*: CAMPOS, Augusto de. *Verso Reverso Controverso*. São Paulo: Perspectiva, p. 191.

20. Em particular no Canto XXV do Inferno, quando Dante proclama sua vitória sobre as metamorfoses ovidianas por ter concebido a transformação de ladrões em répteis num processo que jamais se conclui em qualquer uma das duas formas cambiantes.

as onipresentes regras retóricas de composição patinam, e é nesse patinar que o poema de Milton, não sendo épico nem teológico, se torna aventuroso, ou fantástico.[21]

O que era, em Homero ou Virgílio, ação demonstrável de virtudes civis, claramente calcadas em aspectos mitológicos ordenados para essa exemplaridade civilizacional, se torna ação aventuresca em Milton; o que era teologia em Dante, estipulando uma *ordo* (ordem) baseada no conceito de *rectitudo* (retidão), catolicamente definido, e onde o mundo dito pagão se torna alegoria de perversidade antinatural (Cérbero, o cão de três cabeças, fora da natureza; o Minotauro, aberração de duas origens diversas; os Centauros, emenda de homem e cavalo) entendida como a multiplicidade falsa e mortal contra a verdade eterna e imutável de Deus, torna-se em Milton a disputa muito dúbia de Lúcifer com o próprio Deus, na qual episódios como a entrada secreta da Serpente no Paraíso, ou o combate que Lúcifer dá aos anjos com canhões de fabricação infernal, nada têm da gravidade dos gêneros antigos, mas propõem pela primeira vez o que se leria como a ligeireza do registro fantasioso, que não é efetivamente crível em

21. Os ferimentos das armas comuns de anjo contra anjo numa batalha se fecham com a velocidade que aprendemos a ver em um dos heróis mutantes da Marvel Comics, o *X-Men* Wolverine. Daí que Deus presenteie Miguel com uma espada especial, para matar anjos, que rasga a pele de Lúcifer, para terror deste: *Then Satan first knew pain* ("Então Satã enfim conheceu a dor", Livro VI, v. 326), com a ferida aberta de onde manava um "humor nectáreo", fluido sanguíneo, que é, anota Milton com zelo etnográfico, o que "espíritos celestiais" devem sangrar.

nenhum nível de apreensão do texto,[22] autonomizando a imaginação do irreal dentro de uma aventura *jamais dita em prosa ou rima.*

Como se percebe pela minha última frase acima, isso já havia ocorrido antes de Milton — e terá influído em sua própria escrita — no *Orlando furioso* (1516–1532) de Ludovico Ariosto, poema em que pessoas voam nas costas de um grifo, em que as espadas de heróis matam magicamente centenas de inimigos, etc. Ariosto dá sentido ao conceito posterior de *fantasia*, como de *aventura fantástica*, e que antes já compareciam mesmo na invocação do poema de farsa épica, o *Baldo* (1517) de Teofilo Folengo (1491–1544): *Phantasia mihi plus quam phantastica venit (...) cantare*, ou "Minha fantasia, bem mais que fantástica, vem (...) cantar", no estilo que ficou conhecido, já da proposição mesma de Folengo, como *macarrônico*, no molho espesso de latim e italiano misturados.

A proposta mesma de Ariosto era a de contar os feitos de fúria de Orlando, "fúria", ali, entendida como em sua raiz latina, *furor*, "loucura". As ligações da *loucura* com o

22. Isto é, depende daquela operação definida por Coleridge como a *suspension of disbelief*, ou a "suspensão da descrença". Nas *Lyrical Ballads* que compôs com Wordsworth, a parte de escrever sobre "personagens sobrenaturais" lhe havia cabido, mas não de qualquer jeito, "de modo a transferir de nossa natureza íntima um interesse humano e uma semelhança de verdade suficiente para reclamar a essas sombras da imaginação aquela voluntária suspensão da descrença por um momento, que constitui a fé poética". *Biographia Literaria*, Chap. XIV, *in*: COLERIDGE, Samuel Taylor. *The Major Works*. Edited with an introduction and notes by H. J. Jackson. Oxford: Oxford University Press, 2008, p. 314.

sonho (e a poesia) são as que lemos em todo o passado da arte ocidental: estão por exemplo nos autos do processo inquisitorial contra o pintor Paolo Veronese (1528–1588), que se defendeu da acusação de heresia pronunciando sua inocência por fazer entender à Inquisição veneziana que "nós, pintores, utilizamos a mesma licença que poetas e loucos"; estão, também, em *Midsummer Night's Dream* (Sonho de uma noite de verão, 1596), peça de sonho de William Shakespeare (1564–1616), e em lugares filosóficos da literatura numerosos demais para se listar aqui, e todos ainda sem demarcação de limite estilístico, que viria depois.

Por isso é importante relembrar ao menos o poema da "Rima do velho marinheiro", de Samuel Taylor Coleridge (1772–1834), que Lovecraft leu ainda criança: um conviva numa festa de casamento é abordado pelo velho marinheiro do título, homem condenado a narrar para sempre o infortúnio seu e de sua equipagem, porque durante a viagem ele transgrediu o tabu de matar um albatroz, desencadeando, assim, a maldição sobrenatural dos mares sobre seu navio.

As visões daqueles seres flutuantes e angélicos, a tripulação morta-viva e fantasma que se ergue para completar a viagem fatal, os brilhos na escura água do oceano e os encantos do horror, além da música mágica dos versos, têm muito da nova exploração de campos imaginativos, e uma fonte erudita: as discussões antigas para a delimitação entre *phantasía* e *imaginatio*, fundamentais

para aqueles que por exemplo viveram o que chamamos o *Renascimento*, pois, platônicos como eram, aquelas duas coisas precisavam ser compreendidas e controladas para produzir efeitos saudáveis, pois entendiam, com seu mestre grego, o *terror sagrado* da imaginação, que afetava a realidade de modo direto; quero dizer, como acima o disse, o efeito de *plasmar* a realidade (a velha teoria estóica do *pneuma*). Tinham receio: queriam conhecer para usar com propriedade esse poder.

Não tinham esse receio os homens do fim do XVIII e de todo o XIX (a partir do XX ninguém mais se preocupa com o assunto, e quer apenas dominar seu público com uma imaginação poderosa que o submeta): para eles havia chegado a hora de abrir essa caixa de Pandora, porque toda "superstição" havia sido vencida no século das Luzes. Os chamados subgêneros de *ficção científica*, *horror*, *fantasia medieval*, e mesmo a *literatura policial* são produtos de meados do século XIX e começo do XX:[23] nesses casos, o subgênero passa a criar um grupo de leitores de gosto específico, interessado naquelas narrativas imaginativas em parte como mero *escapismo* do dia a dia massacrante do capitalismo industrial, em parte como *estímulo perceptivo-intelectual*, e nesse caso há mesmo a designação de *ficção especulativa* para a fantasia, o novo lar da com-

23. Alguns dos nomes de pioneiros fundamentais nesses subgêneros (alguns, contemporâneos de Lovecraft): Jules Verne (1828–1905), Arthur Conan Doyle (1859–1930), H. G. Wells (1866–1946), Agatha Christie (1890–1976).

posição alegórica após a crise da retórica antiga como produtora de práticas letradas.

A alegoria serve à ficção científica para propor *futuros avançados* que espelhem a *sombra do presente*, e situar uma hipótese extrema como crítica dos modos de vida, condicionados já desde a Revolução Industrial por uma desumanizada *técnica*;[24] serve ao horror para hiperdimensionar com exemplaridade os disparates da vida social, para trazer ao palco a camada escura e escondida das pulsões humanas; serve à literatura policial para mostrar que a leitura do mundo, nos predicados do que é a vida, só se pode fazer aplicando-lhe argúcia e malícia; e serviu à fantasia dita *medieval* para reconstituir a narrativa civilizacional da épica, só que agora também com as tintas emprestadas do romance de formação, o *Bildungsroman*, no qual um ou mais personagens enfrentam a jornada de transformação na vida, em geral de uma doce alienação juvenil para o peso do conhecimento do mundo na maturidade, como se vê particularmente na jornada de Frodo

24. Basta citar alguns nomes e livros para se constatar os mecanismos: Ray Bradbury com *Fahrenheit 451*, Arthur C. Clarke com *2001: A Space Odyssey* (em colaboração com Stanley Kubrick), Philip K. Dick com *Do Androids Dream of Electric Sheep?* (romance de onde veio o filme *Blade Runner*, de Ridley Scott, em 1982), entre outros, que também se desmembra na chamada *ficção distópica*, como achamos em *Brave New World*, de Aldous Huxley, *1984*, de George Orwell, *The Lathe of Heaven*, de Ursula Le Guin e *The Handmaid's Tale*, de Margaret Atwood, entre muitos outros e outras.

em *The Lord of the Rings* (1954–1955), de J. R. R. Tolkien (1892–1973).[25]

Mas o tipo de fantasia de Lovecraft, ainda que se instale de modo mais genérico dentro do horror, trouxe para o horror desenvolvimentos inesperados, que depois influíram em toda a cultura de massas,[26] e se traduzem numa confluência entre horror, ficção científica e uma exploração psicanalítica das perturbações da percepção. E Lovecraft era bastante consciente da divisão qualitativa naquilo que se pode chamar *literatura fantástica*: em carta de 1934 a um Mr. Nelson, Lovecraft — que estava já na última fase de sua escrita (viria a morrer em 1937) — assinala que uma coisa é Edgar Allan Poe, Ambrose Bierce (1842–1913) e Lord Dunsany (1878–1957), etc., autores do

25. É o que se pode ver também mais recentemente na série ainda incompleta de livros *A Song of Ice and Fire* (1996–), de George R. R. Martin (1948), que logo se tornou a série televisiva *A Game of Thrones*. A aproximação permanece válida mesmo que guardadas as diferenças grandes entre os empreendimentos de escrita de Tolkien e Martin. No caso de Tolkien, a experiência na guerra também constitui um forte condicionamento para a narrativa.

26. Já expus acima parte dessa maciça influência, mas podemos pensar também em um filme como *Alien* (1979), de Ridley Scott, e, no cinema, seria ainda necessário destacar o diretor mexicano Guillermo del Toro (1964), uma vez que é provável não haver maior entusiasta de Lovecraft entre vencedores do Oscar; há John Carpenter (1948), especialmente por sua refilmagem de *The Thing* (1982) com as deformidades de seu transmorfo alienígena, e há também, entre muitos outros, Clive Barker (1952), em sua obra escrita e cinematográfica, incluindo a parte de sua obra escrita em um domínio com larga influência lovecraftiana, as HQs; por fim, a chamada *cultura nerd* em peso lhe é devota, uma cultura que há poucos anos chegou ao *mainstream* da indústria cultural.

que chama "auto-expressão", e outra aquilo que define como algo "composto artificialmente para atender certas demandas do leitor superficial & convencional"; para minha surpresa, ressalta que pouco do que fez lhe satisfazia, e um desses poucos é o conto "The Colour Out of Space" (A cor que caiu do espaço, 1927): a tal cor, inexistente no nosso mundo, chega à Terra em um meteorito.

Nesse conto, Lovecraft cria um dos conceitos mais complexos que a literatura fantástica pôde desenvolver: o de que se o mundo sofresse a interferência de algo externo à experiência, essa intervenção, mesmo que imotivada, produziria um efeito estrutural em quem a presenciasse, e de modo irreconciliável com os demais, desencadeando atritos que cresceriam até o conflito aberto. Fisicamente, a *razão isotópica* de um meteorito, uma pedra que vem do espaço, é diferente da de uma pedra achada na Terra, protegida dos *raios cósmicos*, ou da *radiação cósmica*, e por isso há entre elas uma diferença fundamental, ainda que os elementos de constituição se achem na tabela periódica: Lovecraft expande o dado científico em uma invenção hipotética dos limites da civilidade, dos limites da percepção. Pode-se até mesmo especular que a famosíssima série iniciada na TV por Rod Serling (1924–1975) nos anos 1950, *Twilight Zone* — que ficou conhecida como *Além da imaginação* no Brasil —, terá partido de ficções anteriores como essa de Lovecraft em específico.

É um experimento intelectual, e por isso o termo *ficção especulativa* é tão apropriado para o melhor do que se

escreve em fantasia: está uns tantos passos adiante do que se chamou, com Émile Zola no século XIX, *romance de tese*. O mesmo se dá em "O chamado de Cthulhu", se lemos um dos trechos com especial atenção: o trecho de quando os marinheiros estão na estranha ilha ciclópica e presenciam as impossibilidades da geometria "não euclidiana" das construções. Lovecraft descreve uma notável invenção ficcional do que depois, com a física, poderíamos chamar *anomalia de escala*, proposta dentro do conto como as regras clássicas do conceito de realidade em nível humano sendo distorcidas quando se encontram coisas de fora desse espectro, formas nas quais um ângulo supostamente reto pode se "comportar" como obtuso.

A fantasia, como gênero de arte e literatura, se apropria de aspectos dessa lenta sedimentação para amplificar os efeitos de uma visão particular. A fantasia tem, em sua origem, como vimos, o mesmo ponto de partida das antigas alegorias, porque ambas estabelecem um domínio paralelo ao que está sendo dito, no sentido de que o que se diz é apenas a instância inicial do que se projeta *a partir* do texto. Mas a despeito de suas enormes ambições, os subgêneros fantásticos já eram rejeitados *per se*, como vimos, estabelecendo-se antes em publicações comerciais modestíssimas e esnobadas tanto pela crítica como pelo "bom gosto" do respeitável público.[27]

27. A efemeridade da coisa colaborava para o conjunto de preconceitos: não eram feitas para durar, impressas em papel vagabundo e para o consumo incauto das massas. Ao menos desde Charles Baudelaire (1821–1867), o maligno poeta das *Fleurs du Mal*, o jornalismo,

O nome *pulp fiction* foi alçado ao patamar das expressões cultuadas como se traduzisse um tipo de atmosfera, ou um tipo de atitude, como também seus antecedentes britânicos dos *penny dreadfuls*.[28] O *pulp* vinha igualmente do esforço de reduzir o custo de produção das edições, empregando a polpa da árvore no fazer dela papel barato para as revistas de consumo popular. Essas publicações, nos EUA, começam no fim do século XIX e atingem seu pico de popularidade entre os anos 1920 e 1930, com títulos como *Argosy*, *Spicy Mystery*, *Marvel Tales*, *Blue Book*, *Horror Stories* e outros. Essas publicações, homenageadas e levadas ao centro das atenções ao menos desde *Pulp Fiction* (1992), o filme de Quentin Tarantino, eram essas edições ordinárias em brochura, com capas chamativas

publicado em folhas volantes, era visto como algo passageiro, sem a importância de uma arte da duração, e espelho dos novos tempos afobados e rudes. Conquanto isso em parte seja verdade, deve-se lembrar que muito daquilo que foi e é feito para durar não passa de má arte e má literatura: em todos os veículos a maioria nunca presta, mas em todos os veículos, não importa como nem por quê, haverá sempre um núcleo de verdadeira qualidade diferencial.

28. Não por acaso, *Penny Dreadful* recentemente foi o nome de uma série baseada naquele tipo de narrativa seriada em papel barato do fim do século XIX na Inglaterra, e reunia personagens originalmente desconexos, como os de *Dracula*, o dr. Frankenstein e sua criatura, Dr. Jekyll, Dorian Gray, um lobisomem, etc. Obviamente, o seriado veio depois das séries de HQs escritas por Alan Moore, com arte de Kevin O'Neill, *The League of Extraordinary Gentlemen* (A Liga Extraordinária, iniciada em 1999) e que se utilizava precisamente da curiosa reunião de personagens famosos da literatura fantástica da Era Vitoriana na Inglaterra, já dentro do subgênero *steampunk*.

ou escandalosas, vendidas por centavos em banca de rua, com textos que contavam histórias misteriosas, eróticas ou horripilantes: às vezes, as três coisas juntas.

Parte da nascente indústria de entretenimento estadunidense, condicionava o estilo dos autores a buscar de qualquer forma a atenção pública (em geral de modo aberrante ou escandaloso para os padrões da época), porque o sistema dependia necessariamente da popularidade dos títulos, e então a crítica da época ignorava essas brochuras, desprezadas como má literatura apelativa; parte dessa crítica não se dedicava sequer a tentar entender o fenômeno, mas buscava impor uma visão artística imóvel em seus cânones, moralista e carola sobre os escândalos escritos — como, mais tarde, aconteceria com as próprias HQs sob a censura do Macarthismo e do *Comics Code* (de meados da década de 1940 e 1950), que higienizaria as publicações de suas inventadas imoralidades.

Weird Tales (1922–1954, com algumas tentativas de retorno aqui e ali) foi a publicação *pulp* na qual Lovecraft publicou parte considerável de seus contos, e onde começou sua notória série de Cthulhu, com a história que leremos nesta edição; lá também foi onde Robert E. Howard, seu amigo, começou a publicar *Conan, o bárbaro*, as aventuras do bruto cimeriano hoje famosíssimo pelas HQs da Marvel Comics e pelos (quem diria?) já velhos filmes com o então monossilábico Arnold Schwarzenegger no papel principal. A revista, por seu acidentado histórico de publicação, não obstante pôde contar com aqueles e outros nomes no-

táveis, já na época entre seus pares, e universalmente em retrospecto. Eram escritores que herdavam uma tradição antiga, como vimos, mas também recente de uma nova cristalização de subgêneros, e que ainda não tinham lugar de visibilidade, em parte porque fruto da indústria de entretenimento, em parte porque exploravam, pioneiros, novos aspectos da arte da escrita dentro daqueles âmbitos.

Lovecraft era um dos poucos que, ainda que condicionasse em parte seu estilo àquelas necessidades do tipo de publicação, sequer precisava tentar se acomodar ao público: sua imaginação era tão obsessiva e tão múltipla que suas histórias se sobressaíam mesmo entre as mais estranhas; sua escrita, orgulhosa e sentenciosa, repleta de subentendidos e sombrias maquinações inumanas, de estilo hiperbólico, repetitivo e grandíloquo, iria se tornar não apenas imediatamente atraente como depois seria o padrão para muitos que o seguiram em explorar aberrações perceptivas, o estranho-familiar ou criaturas multidimensionais perturbando a existência aparente deste mundo.

A LINGUAGEM PARA O HORROR

A linguagem que lemos neste "O chamado de Cthulhu", mas também em toda a obra de Lovecraft, é rigorosamente característica de seu autor; a respeito disso, não obstante, resta observar que, dada a gigantesca influência que surtiu não apenas em seu gênero de escrita, mas em inúmeras manifestações da indústria de entretenimento, é assim um estilo incorporado a uma variedade de outras

coisas que, na aparência, sequer teriam a ver uma com a outra. A influência de sua linguagem é maciça, e esse é ainda outro motivo para considerá-la em específico por um momento.

Lovecraft é por vezes chamado *erudito*: ele não é. Seu conhecimento é errático e para nas informações essenciais (ou mesmo nas ideias pré-concebidas) em vários aspectos.[29] Há em sua escrita um uso abusivo de adjetivos e advérbios com a tentativa de hiperbolizar ou intensificar a descrição; por vezes, esses usos montam um sobre o outro, entupindo o texto. Não se trata de um autor lutando para dizer o indizível, como se poderia pensar, porque mesmo onde não está em jogo o indizível seu estilo é redundante, sentencioso, repleto de advérbios sonoramente semelhantes e de dupla adjetivação frequente:[30] por não

29. O vodu, por exemplo, utilizado no conto de Cthulhu, vem da impressão muitíssimo superficial, caricata, ideológica e preconceituosa que a ocupação dos EUA no Haiti (de 1915 a 1934) trouxe ao público. Um livro em particular, ligeiramente posterior ao conto de Cthulhu, *The Magic Island* (1929), do jornalista, explorador e ocultista William Seabrook (1884–1945), popularizou uma noção de *zumbi* nos EUA (esse que mais tarde se tornaria a criatura morta-viva e canibal de George Romero e o monstro mais popular do horror recente) e as noções extremas das práticas vodu haitianas, uma vez que Seabrook narra seu livro a partir de uma sensacionalista experiência pessoal. Filmes como *White Zombie* (1932), de Victor Halperin, foram baseados no livro de Seabrook.

30. Encontra-se esse tipo de escrita adjetival e hiperbólica em numerosos exemplos. Ofereço um da minha tradução: "Fúria animal e licenciosidade orgíaca aqui se misturavam, em alturas demoníacas, com êxtases de uivos e guinchados que irrompiam e reverberavam pelos bosques noturnos como tempestades pestilentes, vindas dos abismos do inferno"; sequências de advérbios se acumulam em menos

encontrar o recurso exato, Lovecraft acumula, tentando dobrar a percepção de seus leitores com a hipérbole.

Busca um tipo de grandiloquência de tipo grave, na qual por vezes derrapa, mas seu talento inequívoco de linguagem se mostra em muitos lugares: por exemplo, sempre que relata aspectos científicos, ou com linguagem de demarcação específica em seu uso, que é quando Lovecraft se torna minucioso e objetivo (quase maquinal) na anotação do jargão utilizado, sejam manchetes de jornal, relatos de sociedades antropológicas, registros de equipagem de navio, ou linguagem de boletim policial.

Pedante, fascina por instituir em parte esse tipo de linguagem que se juntaria ao patrimônio vocabular da narrativa gótica e de ficção científica, e, em parte, por aderir aos estilemas mais exagerados, superficiais e abundantes do gênero do horror, que em muitos aspectos repetem e muitas vezes diluem procedimentos acháveis em Mary Shelley, Edgar Allan Poe e Bram Stoker. Devemos também lembrar que a educação de Lovecraft foi até meados do segundo grau (alega ter ido à Universidade Brown, mas não se formou), e isso parece ter sido sentido como uma mácula e uma vergonha, compensadas por um grande orgulho de seu intelecto, demonstrado ostensivamente em sua escrita ficcional.

de uma página, como *hurriedly*, *curiously*, *virtually*, *really*, *especially*, *deeply*, *apparently*, *wholly*, todos tomados do meio para o fim da página 183 da edição dos *Tales*, da Library of America (2005), em posições por vezes tão próximas que fazem eco um ao outro. Há muitos mais no texto completo, e deixo à discrição da leitora e do leitor percebê-lo.

Seu intelecto era claramente amplo, sua curiosidade, onívora, mas as lacunas de uma formação incompleta que cedeu, em algum ponto, ao mero exercício repetitivo do gosto lhe deixou vícios notáveis de estilo, e ideias fixas. São esses vícios e essas ideias fixas, no entanto, que o fizeram notório como escritor e o particularizaram em uma vasta quantidade de praticantes dos gêneros populares da escrita fantástica de seu período. Assim como o antecessor e modelo Poe, o orgulho, os medos, as frustrações e os ódios lhe foram combustível inventivo, e lhe deram nervura estilística particular, especialmente para criar monstros inesquecíveis, como o deste conto.

O GRANDE CTHULHU

Cthulhu é a fantasmagoria mais popular do muito popular Lovecraft, e o centro de sua série sobre os Grandes Antigos, as gigantescas e incompreensíveis criaturas anteriores a esta Terra, tal como se a conhece; alguns chamarão "criação de um mito", ou de uma "mitologia", mas é sobretudo impreciso e hiperbólico dizê-lo: um mito não se cria, um mito eclode no tecido da realidade por processos sedimentares dentro de uma cultura, e toma séculos de desenvolvimento coletivo e anônimo, como leitura daquela mesma realidade.[31]

31. Joseph Campbell, especialista em mitologia, diria, por exemplo, no início de sua entrevista sobre o tópico do mito com Bill Moyers: "Esses pedaços de informação dos tempos antigos, que têm a ver com temas que basearam a vida humana, construíram civilizações e deram forma a religiões por milênios, têm a ver com problemas interiores,

Os Grandes Antigos derivam dos compêndios ancestrais de demonologia, e grimórios, onde frequentemente se anotam informações detalhadíssimas sobre aquelas criaturas, como se se tratasse de registro legal em cartório: características físicas, manifestações propícias, elementos associados, nomes, ação, sinais identificáveis e até mesmo assinaturas. O mais famoso — e penso mesmo que até mais acessível de todos esses, por não codificar nenhuma doutrina — é o *Dictionnaire Infernale* (primeira edição em 1818), de Jacques Albin Simon Collin de Plancy (1793–1881), ocultista francês.

Compêndio montado com substanciosos verbetes de gosto antropológico na escrita, o *Dictionnaire Infernale* de Plancy reúne um repertório enorme de criaturas em diversas culturas (*répertoire universel*, diz o subtítulo), com ilustrações que são quase icônicas na imaginação coletiva, de tanto que foram reproduzidas. A galeria dos Grandes Antigos claramente se inspira naquela meticulosa coleção, também pela forma proposta aos demônios na Antiguidade, que — como disse acima ao mencionar Dante e suas aberrações infernais — os constituía pela mistura antinatural de formas e espécies.

A invenção de Cthulhu é algo central, e não apenas para Lovecraft: de suas criaturas e ambientes de sonho — ou talvez melhor *pesadelo* — é a mais famosa, e figura junto com o próprio Lovecraft em inúmeras imagens de

mistérios interiores, umbrais internos de passagem (...)". CAMPBELL, Joseph (with Bill Moyers). *The Power of Myth*. New York: Anchor Books, 1991, p. 2.

divulgação, como sua marca registrada. Vazou para a cultura pop, e há desde estatuetas fidedignas à descrição no conto até pequeninos e doces bichos de pelúcia estampados com seu nome. Alguns até ouviriam mentalmente, de imediato, as memoráveis primeiras notas de "The Call of Ktulu", do álbum *Ride the Lightning* (1984), do Metallica, ao escutar o nome da criatura.[32]

E a criatura foi um modo para Lovecraft cristalizar numa imagem um tipo específico de terror, que em geral se chama "cósmico", mas um cósmico, penso, muito íntimo e literário; do literário veremos agora, do íntimo, adiante. Em Cthulhu estão infusas as influências monstruosas daqueles compêndios e grimórios, mas também um poema em particular. Se já havia assinalado que o poema de Coleridge era base imaginativa para Lovecraft de modo geral, um outro de Lord Tennyson (1809–1892) em particular lhe deu um bom tanto de linguagem grandíloqua e de atmosfera, para nem dizer aspectos da própria criatura.[33] O poema é "O Kraken", que traduzo abaixo:

Sob os trovões nas altas profundezas,
Fundo no profundo abismo do mar,
Sem sonho, o sono antigo sem surpresa
Dorme o Kraken: a tênue luz solar
Dança em seu corpo sombrio, e acima

32. Dentre os estilos musicais, o metal é obviamente o meio mais lovecraftiano. O Iron Maiden, por exemplo, estampou os célebres versos do árabe insano de Lovecraft na pedra tumular de sua mascote, Eddie, na capa do álbum gravado ao vivo, *Live After Death* (1985).

33. Quem propôs a relação foi o Reverendo Robert M. Price, em seu livro *H. P. Lovecraft and the Cthulhu Mythos*, de 1990.

Flutuam esponjas grandes, milenares;
Ao longe, a luz doentia anima
Polvos gigantescos, que aos milhares
Saem de incríveis grutas e cavernas
Com longos braços no verde dormente,
Que lá esteve e estará por eras;
No sono, vermes do mar são sua presa
Até que o fogo aqueça as profundezas;
E homens e anjos verão, finalmente,
Erguida num urro de morte, a fera.[34]

Nele estão as vertiginosas direções das "altas profundezas", o monstro que dorme no fundo do mar, o verdor de sua pele, os efeitos da tempestade, a adjetivação que diz "doentia", "sombrio", as dimensões inqualificáveis do corpo descomunal, e, naturalmente, o próprio Kraken: monstro marinho e cefalópode da mitologia escandinava, o polvo gigante que assombrava as antigas sagas em verso se metamorfoseou algum tanto no cefalópode antropóide Cthulhu. Lovecraft pôde encontrar, naquele monstro an-

34. "THE KRAKEN// Below the thunders of the upper deep;/ Far, far beneath in the abysmal sea,/ His ancient, dreamless, uninvaded sleep / The Kraken sleepeth: faintest sunlights flee/ About his shadowy sides: above him swell/ Huge sponges of millennial growth and height;/ And far away into the sickly light,/ From many a wondrous grot and secret cell/ Unnumber'd and enormous polypi/ Winnow with giant arms the slumbering green./ There hath he lain for ages, and will lie/ Battening upon huge sea worms in his sleep,/ Until the latter fire shall heat the deep;/ Then once by man and angels to be seen,/ In roaring he shall rise and on the surface die", *in*: HODDER, Karen (Introduction, bibliography and head notes). *The Works of Alfred Lord Tennyson*. Ware: Wordsworth Editions Ltd., 2008, p. 46.

tigo que remontava, um código de seus próprios horrores, mas que funcionou especificamente porque o verdadeiro mergulho no medo de um é o mergulho no medo de todos.

Watchmen (1986–1987), a *graphic novel* de Alan Moore e Dave Gibbons, utilizou um efeito lovecraftiano que sublinha o que dizia anteriormente sobre a força da fantasia, da concreção do campo imaginativo e dos códigos dos nossos medos. A dada altura, um monstro viscoso e tentacular se manifesta destruindo parte de Nova York. O monstro havia sido o resultado de uma *engenharia*, cuja peça fundamental fora o cérebro clonado de um humano sensitivo: "O sensitivo era a chave (...) o cérebro era uma caixa de ressonância psíquica (...) Codificamos muitas informações naquele sinal. Informações terríveis. As descrições de Max Shea de um mundo alienígena, as imagens de Hira Manish e os sons de Linette Paley... Além dos que morreram imediatamente pelo choque, muitos ficaram loucos pelo súbito dilúvio de sensações grotescas".[35]

O texto de Moore sobre o impacto da criatura explodindo sobre a cidade mostra que a arma alienígena fora composta pela informação extraída de artistas da *palavra*, das *imagens* e dos *sons*, amplificadas por uma mente sensitiva; precisamente, aliás, como Lovecraft já propunha, seja em " O chamado de Cthulhu" com o jovem escultor Wilcox, seja em "A música de Erich Zann" com a música do próprio Zann, e, diríamos, com as palavras de Lovecraft

35. MOORE, Alan; GIBBONS, Dave. *Watchmen*. Burbank: DC Comics, 2014 (primeira edição, 1986), pp. 391–392.

lui-même. Moore, inventando sua criatura cthulhiana, fornece aos leitores atentos uma definição do complexo imaginativo que os escritores põem a andar como criaturas entre nós, devolvendo de maneira sintética as impressões coletivas que recebem do mundo. E é aqui que achamos a oportunidade de ir às impressões íntimas de Lovecraft, codificadas em sua ficção.

UM MUNDO INVERTIDO

My world is Providence, afirmou Lovecraft. E poderíamos dizer, talvez com mais propriedade do que disse de si, que seu mundo era sobretudo sua mãe. Se de Providence imaginou a vizinha Arkham[36] — cidade de que até mesmo nos fornece um mapa (e que muitos consideram uma versão de Salem, em Massachusetts), onde pôs sua inventada Universidade Miskatonics — as condições íntimas de sua percepção foram nutridas numa relação difícil e estranha com sua mãe. Em minha mente, Lovecraft é uma mistura de dois personagens: o Norman Bates de *Psicose* com o Walter Kovacs[37] de *Watchmen,* mas cuja percepção se vol-

36. O Asilo Arkham, famoso por reunir os criminosos insanos da corte de vilões de Batman, da DC Comics, vem diretamente de Lovecraft, que o inventou em "The Thing on the Doorstep" (1933, publicado em *Weird Tales* em 1937): "É verdade que pus seis balas na cabeça de meu melhor amigo, mas espero ainda demonstrar com este relato que não sou um assassino. De início serei chamado insano — mais insano do que o homem contra quem disparei em sua cela no Sanatório Arkham", *in:* LOVECRAFT, H. P. *Tales* (Peter Straub, editor). New York: The Library of America, 2005, p. 692 (tradução minha).

37. Assim como a mente fascista de Rorschach se nutria da publicação (ficcional) de extrema-direita *The New Frontiersman,* Lovecraft

tou para a composição de narrativas ao invés de práticas violentas. Ele visivelmente idolatrava a mãe, e viveu dependente dela até boa parte de sua juventude adulta; é provável que tenha sido virgem até depois dela morrer; realmente notável, por exemplo, é que, passado um mês da morte, encontra sua primeira namorada, Sofia Haft Greene — com quem aliás se casaria três anos depois.[38] A força que a mãe exerceu sobre Lovecraft é semelhante à daquelas figuras ficcionais citadas: um misto de fascínio e medo. Via sua mãe como alguém de elegância superior, mas, ao mesmo tempo, ela cometia crueldades bizarras com o garoto, como dizer a outras pessoas que seu filho era tão horrendo (*hideous*) que preferia mantê-lo escondido de todos.[39]

Lovecraft acabou por muito intimamente transformar em monstro, suspeita e horror toda a experiência daquela

publicou o jornal *The Conservative*. Para se ter uma noção da coisa, traduzo um trecho do editorial de julho de 1915: "Fora do domínio da pura literatura, *The Conservative* será sempre um defensor entusiasta da abstinência total e da proibição; do militarismo moderado e saudável, em contraposição à pregação de paz, perigosa e não patriótica; do Pã-Saxonismo, ou a dominação de ingleses e de raças afins sobre as divisões inferiores da humanidade; e do governo constitucional representativo, em oposição aos perniciosos e falsos esquemas da anarquia e do socialismo", *in*: JOSHI, S. T. *A Dreamer and a Visionary: Lovecraft and His Time*. Liverpool: Liverpool University Press, 2001, p. 86.

38. Em entrevista a R. Alain Everts, Greene teria dito que Lovecraft fora virgem até o casamento (aos 34 anos de idade) e nunca tomara iniciativa no sexo, embora respondesse se ela o procurasse. *In*: JOSHI, S. T. Idem, p. 202.

39. JOSHI, S. T. *Idem*, p. 67, transcrevendo relato de Clara Hess, de seu encontro com Susan Lovecraft, mãe do autor.

figura estranha, doce e autoritária, elegante e rude: introjetou o autoritarismo e o desgosto pelo lado externo da vida e suas manifestações de prazer — repelia o *corpo*, e o *sexo*, de forma estrutural —, além de desenvolver preconceitos assombrosos. É importante notar que muitos[40] repetem, como justificativa para os variados e espessos preconceitos de Lovecraft, o corolário de que não se pode esperar que um homem supere as limitações ideológicas de sua época: isso, em primeiro lugar, não é verdade, porque muitos as superaram ao longo do que chamamos História com esse distintivo "h" maiúsculo, e mesmo a impressão de que o preconceito fosse no passado a norma é no mínimo discutível; segundo, porque mesmo para o típico preconceito de época, de meados do século XX, Lovecraft era *particularmente* preconceituoso. Paula Guran define de modo direto e exato:

40. S. T. Joshi (1958), provavelmente o melhor biógrafo de Lovecraft até o momento, é um dos que minimizam seus preconceitos. Em um artigo no seu blog pessoal, no qual ataca um livro sobre Lovecraft (e ele tem razão sobre aquele ser um mau livro), escreve: "Os ataques sobre o racismo de Lovecraft são um fenômeno extremamente recente, e parecem ser alimentados por certos escritores determinados a se agarrar a esse aspecto da vida de Lovecraft para derrubá-lo um pouco na estima da crítica", logo após escrever que críticos ásperos ao autor no passado, como Edmund Wilson, haviam encontrado muitos motivos de crítica a suas obras, mas que "o racismo não era um deles", e atribui o recente dilema a um "clima hiper-politizado, hoje". Não se trata de derrubar Lovecraft, nem de hiper-politização, mas de ser inequívoco o fato de que o racismo está imbricado no que escreveu. Louis Ferdinand Céline, por exemplo, era racista e nazista, mas ninguém discute a qualidade de seus romances nem sua importância para a literatura francesa do século XX.

Devemos todos reconhecer o quanto as crenças pessoais de H. P. Lovecraft ligam-se às suas obras. Lovecraft — como evidenciam sua ficção, sua poesia, seus ensaios e suas cartas — era racista, xenófobo e antissemita. Ele pode ou não ter odiado mulheres (misoginia), mas de fato parece tê-las temido (ginofobia). Sua aversão à sexualidade e à fisicalidade iam além do tipo puritano.

Os preconceitos do autor têm sido frequentemente afastados como "típicos" de um homem de seu tempo. Sim, Lovecraft viveu numa época em que o racismo era mais aberto e segregação racial era lei, mas o preconceito de Lovecraft parece, no mínimo, algo mais evidente do que o da maioria de seus contemporâneos.[41]

Neste "O chamado de Cthulhu", por exemplo, chega mesmo a chamar "primitivos", com especial desdém, aos descendentes dos irmãos Lafitte, piratas franceses que se estabeleceram na Louisiana; insiste no fato de que os adoradores do culto antigo de Cthulhu eram *half-breed, mongrels, mixed-blooded, hybrids, swarthy*, isto é, "mestiços", "viralatas", "pardos", "híbridos", "morenos", nos termos mais variados e pejorativos que encontra, e para a constatação indubitável de suas inferioridades física, moral e intelectual. São *aberrants*, aberrações, meio animalizados e, como tais, suscetíveis aos apelos das criaturas abissais, perversas.[42]

41. GURAN, Paula (ed.). *The Mammoth Book of Cthulhu: New Lovecraftian Fiction*. London: Little, Brown Book Club, 2016, "Introduction", n. p.

42. O fato de a narrativa ser de primeira pessoa, e de essa pessoa ser o personagem fictício Francis Wayland Thurston não alivia a

O horror que Lovecraft, como pessoa, sentia por toda a diferença, se transfigura no material de sua percepção talentosa do medo: Lovecraft temia as mulheres, temia as sensibilidades afinadas com a mudança (daí o sonhar-se alguém de uma linhagem nobre e antiga), temia as multidões de pessoas mestiças ou de etnias diferentes, temia as culturas que não eram a sua, e que não compreendia nem desejava compreender: temia, em suma, tudo o que é a mobilidade inevitável da vida, ou a vida ela-mesma. E temia com um fascínio.

Criou, portanto, um modelo ficcional no qual pudesse defender sua psique disso que via como uma derrocada do gênero humano, uma desordem sob um segredo, segredo que acordaria antigos horrores ferozes e dormentes, imortais, ódio que tomasse formas gigantescas e cuja umidade, cuja textura reluzente fosse alegoria de uma sexualidade em retrocesso, deformada em monstro,[43] assim como sua

situação, porque a discriminação é marca consistente da literatura de Lovecraft (incluindo suas cartas pessoais, nas quais demonstra os mesmos preconceitos), e porque, mesmo dentro do conto, não se propõem motivos para se desconfiar da autoridade de seu narrador. E os efeitos da história dependem justamente da combinação daqueles elementos.

43. A parte final de Cthulhu é basicamente o enfrentamento entre um tipo de pênis e uma gigantesca vagina, da qual foge aterrorizado até não poder evitar o contato viscoso, mas com tentativa de destruição, aniquilamento e repulsa. David Cronenberg (1943), diretor que há alguns anos era o maior expoente do *horror físico*, ou *biológico* (com tintas lovecraftianas, também) em filmes como *Shivers* (Calafrios, 1975), *Scanners* (1981), *Videodrome* (1983) e *The Fly* (A mosca, 1986), entre outros, tem um filme particularmente perturbador chamado *The Brood* (Os filhos do medo, 1979), no qual enfoca as crias

estranheza inumana espelhava o abismo intransponível que sentia em relação às etnias diferentes ou misturadas de sua experiência estadunidense.

O monstro das antigas narrativas épico-civilizacionais em verso não era, como por vezes possa parecer à leitura casual, indicativo da infância mental do mundo, assim supersticioso: o monstro é um amálgama, um condensado, uma composição de tudo o que é desafio civilizacional sem a estrutura abstrata e analítica (e necessariamente posterior) de, por exemplo, um romance de formação, mencionado acima. A estrutura do monstro, como a do mito, é *aglutinante,* sintética: busca captar o perigo, o terror e a missão civilizacional em um grande complexo que, alegoricamente, reúna as características do que o herói civilizacional (também um complexo, mas de aspectos virtuosos) terá de enfrentar para dar ao seu povo uma plataforma moral, social, cultural e política a partir da qual projetar sua experiência.

No caso de Lovecraft, que pertenceu a um país e a uma cultura já estabilizados em suas práticas, o regresso ao mito tem duas frentes: uma, psicossocial, como também Freud estabelece psicanaliticamente em *Das Unheimliche* (O inquietante, 1919, ou O estranho-familiar)[44] e que tem

assassinas do caso patológico de uma mãe que as expele como cânceres do corpo, a partir de grossuras de uma infestação de ódio na carne. Uma metáfora brutal da sexualidade e da ligação ambígua e umbilical da mãe com seus filhos, e vice-versa.

44. O ensaio de Freud mostra precisamente esse *inquietante* que faz o *não familiar* a partir daquilo que é *familiar.* Quando se o aplica no caso de Lovecraft é necessariamente por notar algo que explora a

seu registro literário mais complexo, por exemplo, na obra de Franz Kafka, em especial em *Die Verwandlung* (A metamorfose, 1915); outra, pessoal, como código "mitológico" para suas impressões e opiniões sobre o mundo. E é por isso que o mito revisitado é, quase sem exceção, um retrocesso: um mito, como nasce em qualquer agrupamento humano, vem de uma experiência coletiva, organiza o conhecimento e o dissemina por suas qualidades sintéticas; quando o mito é trazido por circunstâncias pessoais, fazendo o caminho inverso para dentro da psique coletiva, é a marca do desejo de poder e de controle que não encontrou um circuito viável dentro da experiência, revertido em monstro, fazendo vibrar aquela porção arcaica e brutal da humanidade.

Todos sabem que o maior medo é o medo do desconhecido: e como Lovecraft temia quase tudo o que é vida, seu notório talento pôde dar ao mundo um negativo da experiência, ou, como se diria em *Stranger Things* — a série famosa também por seus monstros lovecraftianos — *the upside down*, o "mundo invertido".

Boa leitura.

desproporção entre as origens de sua percepção e o tamanho monstruoso que adquirem essas coisas na invenção de seu *inverso*, o de personagens abissais, criaturas entrevistas, relanceadas, indiciadas nos resquícios de sua presença ominosa no mundo.

O CHAMADO DE CTHULHU

(ACHADO ENTRE OS PAPÉIS DO FALECIDO FRANCIS WAYLAND THURSTON, DE BOSTON)

> Of such great powers or beings there may be conceivably a survival... a survival of a hugely remote period when... consciousness was manifested, perhaps, in shapes and forms long since withdrawn before the tide of advancing humanity... forms of which poetry and legend alone have caught a flying memory and called them gods, monsters, mythical beings of all sorts and kinds...
>
> ALGERNON BLACKWOOD

De tais grandes poderes ou seres talvez seja possível supor uma sobrevivência... uma sobrevivência de um período imensamente remoto quando... a consciência se manifestava, talvez, em formas e configurações desde há muito recolhidas, antes da maré da humanidade avançar... formas das quais só a poesia e as lendas agarraram uma memória fugidia e as chamaram deuses, monstros, criaturas míticas de todos os tipos e espécies...

ALGERNON BLACKWOOD[1]

The Horror In Clay

The most merciful thing in the world, I think, is the inability of the human mind to correlate all its contents. We live on a placid island of ignorance in the midst of black seas of infinity, and it was not meant that we should voyage far. The sciences, each straining in its own direction, have hitherto harmed us little; but some day the piecing together of dissociated knowledge will open up such terrifying vistas of reality, and of our frightful position therein, that we shall either go mad from the revelation or flee from the light into the peace and safety of a new dark age.

Theosophists have guessed at the awesome grandeur of the cosmic cycle wherein our world and human race form transient incidents. They have hinted at strange survivals in terms which would freeze the blood if not masked by a bland optimism. But it is not from them that there came the single glimpse of forbidden eons which chills me when I think of it and maddens me when I dream of it. That glimpse, like all dread glimpses of truth, flashed out from an accidental piecing together of separated things — in this case an old newspaper item and the notes of a

O horror em argila

A coisa mais misericordiosa do mundo é, penso, a inabilidade da mente humana em correlacionar todas as suas partes. Vivemos numa plácida ilha de ignorância em meio aos mares negros do infinito, e não nos foi dado viajar longe. As ciências, cada uma se distendendo em um sentido específico, até agora nos prejudicaram pouco; mas algum dia a recomposição desse conhecimento dissociado abrirá visões tão aterradoras da realidade, e da nossa temível posição nela, que ficaremos loucos com a revelação ou fugiremos da luz mortal para a paz e a segurança de uma nova idade das trevas.

Teósofos teceram hipóteses sobre a espantosa grandeza do ciclo cósmico, em que o nosso mundo e a raça humana não formam senão incidentes passageiros. Aludiram a estranhas permanências em termos que gelariam o sangue se não se mascarassem de um insípido otimismo. Mas não veio deles o vislumbre singular de eras proibidas que me arrepiam quando me vêm ao pensamento, e que me apavoram quando me vêm em sonho. Esse vislumbre, como todos os terríveis vislumbres da verdade, faiscou-me numa recomposição acidental de coisas distantes — nesse caso, um velho fragmento de jornal e as notas de um

dead professor. I hope that no one else will accomplish this piecing out; certainly, if I live, I shall never knowingly supply a link in so hideous a chain. I think that the professor, too, intended to keep silent regarding the part he knew, and that he would have destroyed his notes had not sudden death seized him.

My knowledge of the thing began in the winter of 1926–27 with the death of my great-uncle, George Gammell Angell, Professor Emeritus of Semitic Languages in Brown University, Providence, Rhode Island. Professor Angell was widely known as an authority on ancient inscriptions, and had frequently been resorted to by the heads of prominent museums; so that his passing at the age of ninety-two may be recalled by many. Locally, interest was intensified by the obscurity of the cause of death. The professor had been stricken whilst returning from the Newport boat; falling suddenly; as witnesses said, after having been jostled by a nautical-looking negro who had come from one of the queer dark courts on the precipitous hillside which formed a short cut from the waterfront to the deceased's home in Williams Street. Physicians were unable to find any visible disorder, but concluded after perplexed debate that some obscure lesion of the heart, induced by the brisk ascent of so steep a hill by so elderly a man, was responsible for the end. At the time I saw

professor já falecido. Espero que ninguém mais chegue a essa recomposição; por certo, se eu viver, jamais oferecerei conscientemente um elo de tão odiosa cadeia. Penso que também o professor decidira manter silêncio sobre a parte que conhecia, e que teria destruído suas notas caso a morte súbita não o tivesse surpreendido.

Meu conhecimento do assunto se iniciou no inverno de 1926–27, com a morte de meu tio-avô George Gammell Angell, professor emérito de línguas semíticas na Universidade Brown, em Providence, Rhode Island. O professor Angell era amplamente considerado uma autoridade em inscrições antigas, e os diretores dos mais prestigiosos museus recorriam a ele com frequência; de modo que seu falecimento à idade de noventa e dois anos deve ser lembrado por muitos. No meio local, o interesse foi intensificado pela obscuridade da causa da morte. O professor fora acometido de algo quando retornava do barco em Newport; tombou subitamente, segundo testemunhas, depois de levar um encontrão de um negro com aparência de marujo, que viera de um dos estranhos becos escuros na encosta íngreme, formando um atalho da beira-mar para a casa do falecido, em Williams Street. Os médicos foram incapazes de encontrar qualquer enfermidade discernível, mas concluíram, após debate tumultuado, que alguma obscura lesão cardíaca — induzida pela vigorosa subida de uma colina tão abrupta, por um homem já tão idoso — fora responsável por seu fim. No momento não vi razão

no reason to dissent from this dictum, but latterly I am inclined to wonder — and more than wonder.

As my great-uncle's heir and executor, for he died a childless widower, I was expected to go over his papers with some thoroughness; and for that purpose moved his entire set of files and boxes to my quarters in Boston. Much of the material which I correlated will be later published by the American Archaeological Society, but there was one box which I found exceedingly puzzling, and which I felt much averse from showing to other eyes. It had been locked and I did not find the key till it occurred to me to examine the personal ring which the professor carried in his pocket. Then, indeed, I succeeded in opening it, but when I did so seemed only to be confronted by a greater and more closely locked barrier. For what could be the meaning of the queer clay bas-relief and the disjointed jottings, ramblings, and cuttings which I found? Had my uncle, in his latter years become credulous of the most superficial impostures? I resolved to search out the eccentric sculptor responsible for this apparent disturbance of an old man's peace of mind.

The bas-relief was a rough rectangle less than an inch thick and about five by six inches in area; obviously of modern origin. Its designs, however, were far from modern in atmosphere and suggestion; for, although the vagaries of cubism and futurism are many and wild, they do not often reproduce that cryptic regularity which lurks

para discordar daquela sentença, mas recentemente me sinto inclinado a desconfiar — e a mais do que desconfiar.

Sendo o herdeiro e o executor testamentário de meu tio-avô, pois morrera viúvo e sem filhos, esperava-se que eu examinasse seus papéis com alguma minúcia; e com esse objetivo trouxera todo o conjunto de seus arquivos e caixas para os meus alojamentos em Boston. Muito do material que relacionei será publicado mais tarde pela Sociedade Arqueológica Americana, mas uma caixa me parecia sobremaneira intrigante, e decidi não mostrá-la a outros olhos. Havia sido lacrada, e não encontrei a chave até que me ocorresse examinar o chaveiro que o professor carregava sempre em seu bolso. Pude então abri-la, mas ao fazê-lo me vi confrontado por uma pior e ainda mais sólida barreira: pois qual poderia ser o significado do peculiar baixo-relevo em argila, das digressões, incisões e dos rabiscos desconexos que encontrei? Teria o meu tio se tornado, em seus últimos anos, crédulo das mais superficiais imposturas? Resolvi procurar o escultor excêntrico, responsável por esse aparente distúrbio na paz de espírito de um homem idoso.

O baixo-relevo era um retângulo grosseiro com espessura de menos de uma polegada, e com por volta de seis polegadas de área; obviamente de origem moderna. Suas incisões, entretanto, eram distantes do moderno em atmosfera e sugestão; pois apesar de os caprichos do cubismo e do futurismo serem muitos, e brutais, não reproduzem a regularidade críptica que se acha na escrita

in prehistoric writing. And writing of some kind the bulk of these designs seemed certainly to be; though my memory, despite much the papers and collections of my uncle, failed in any way to identify this particular species, or even hint at its remotest affiliations.

Above these apparent hieroglyphics was a figure of evident pictorial intent, though its impressionistic execution forbade a very clear idea of its nature. It seemed to be a sort of monster, or symbol representing a monster, of a form which only a diseased fancy could conceive. If I say that my somewhat extravagant imagination yielded simultaneous pictures of an octopus, a dragon, and a human caricature, I shall not be unfaithful to the spirit of the thing. A pulpy, tentacled head surmounted a grotesque and scaly body with rudimentary wings; but it was the *general outline* of the whole which made it most shockingly frightful. Behind the figure was a vague suggestions of a Cyclopean architectural background.

The writing accompanying this oddity was, aside from a stack of press cuttings, in Professor Angell's most recent hand; and made no pretense to literary style. What seemed to be the main document was headed "CTHULHU CULT" in characters painstakingly printed to avoid the erroneous reading of a word so unheard-of. This manuscript was divided into two sections, the first of which was

pré-histórica. E algum tipo de escrita o grosso daquelas incisões parecia de fato ser, embora minha memória, a despeito da muita familiaridade com os papéis e coleções do meu tio, não fosse de modo algum capaz de identificar que espécie em particular, ou sequer supor suas mais remotas ligações.

Logo acima do que parecia linguagem hieroglífica estava uma figura de caráter evidentemente ilustrativo, ainda que a execução subjetiva impedisse de se fazer uma ideia muito clara de sua natureza. Parecia ser um tipo de monstro, ou símbolo representando monstro, de forma que só uma fantasia mórbida poderia conceber. Se disser que minha imaginação algo extravagante extraía de lá as imagens simultâneas de um polvo, um dragão e uma caricatura humana, não serei infiel ao espírito da coisa. Uma cabeça carnuda, tentaculada, arrematava um corpo grotesco e escamoso de asas rudimentares; mas era o *esquema geral* do todo que o fazia escandalosamente assustador. Por trás da figura estava a sugestão vaga de um fundo arquitetônico ciclópico.[2]

A escrita acompanhando essa excentricidade era, com exceção de uma pilha de recortes de jornal, recente e da própria mão do professor Angell, sem a pretensão de estilo literário. O que parecia ser o documento principal se intitulava "CULTO DE CTHULHU" em caracteres cuidadosamente impressos para evitar a leitura errônea de uma palavra tão insólita.[3] O manuscrito se dividia em duas seções, a primeira das quais se intitulava "1925 — Sonho

headed "1925 – Dream and Dream Work of H. A. Wilcox, 7 Thomas St., Providence, R. I.", and the second, "Narrative of Inspector John R. Legrasse, 121 Bienville St., New Orleans, La., at 1908 A. A. S. Mtg. – Notes on Same, & Prof. Webb's Acct." The other manuscript papers were brief notes, some of them accounts of the queer dreams of different persons, some of them citations from theosophical books and magazines (notably W. Scott-Elliot's *Atlantis* and the *Lost Lemuria*), and the rest comments on long-surviving secret societies and hidden cults, with references to passages in such mythological and anthropological source-books as Frazer's *Golden Bough* and Miss Murray's *Witch-Cult in Western Europe.* The cuttings largely alluded to *outré* mental illness and outbreaks of group folly or mania in the spring of 1925.

The first half of the principal manuscript told a very particular tale. It appears that on March 1st, 1925, a thin, dark young man of neurotic and excited aspect had called upon Professor Angell bearing the singular clay bas-relief, which was then exceedingly damp and fresh. His card bore the name of Henry Anthony Wilcox, and my uncle had recognized him as the youngest son of an excellent family slightly known to him, who had latterly been studying sculpture at the Rhode Island School of Design and living alone at the Fleur-de-Lys Building near that institution. Wilcox was a precocious youth of known genius but great eccentricity, and had from childhood excited atten-

e Trabalho de Sonho de H. A. Wilcox, Thomas St., 7, Providence, R.I.", e a segunda, "Narrativa do Inspetor John R. Legrasse, Bienville St., 121, New Orleans, La., em 1908 A. A. S. Hiptc. — Notas do Mesmo, & Rel. do Prof. Webb". Os outros papéis do manuscrito eram todos notas breves, algumas delas relatos de sonhos incomuns de diversas pessoas, outras, ainda, citações de revistas e livros teosóficos (em particular *Atlântida* e a *Lemúria Perdida*, de W. Scott-Elliot),[4] e o resto, comentários sobre as sociedades secretas e as seitas ocultas de longa história, com citações de passagens em obras de referência mitológica e antropológica como *O Ramo Dourado*, de Frazer e *O Culto das Bruxas na Europa Ocidental*, da Srta. Murray.[5] Os recortes em sua maioria aludiam a doenças mentais *outré* e a surtos de insanidade coletiva na primavera de 1925.

A primeira metade do manuscrito principal contava uma história muito peculiar. Ao que parece, em primeiro de março de 1925 um jovem magro e lúgubre, de aspecto neurótico e exaltado, procurara o professor Angell trazendo o singularíssimo baixo-relevo de barro, que então se encontrava sobremaneira úmido e fresco. Em seu cartão de visita vinha o nome de Henry Anthony Wilcox, e meu tio o identificara como o filho mais novo de uma ótima família que conhecia superficialmente, e que há pouco estivera estudando escultura na Escola de Design de Rhode Island e morava só no edifício Fleur-de-Lys, próximo à instituição. Wilcox era um jovem precoce de conhecido gênio, mas de grande excentricidade, e havia desde a in-

tion through the strange stories and odd dreams he was in the habit of relating. He called himself "psychically hypersensitive", but the staid folk of the ancient commercial city dismissed him as merely "queer." Never mingling much with his kind, he had dropped gradually from social visibility, and was now known only to a small group of aesthetes from other towns. Even the Providence Art Club, anxious to preserve its conservatism, had found him quite hopeless.

On the occasion of the visit, ran the professor's manuscript, the sculptor abruptly asked for the benefit of his host's archeological knowledge in identifying the hieroglyphics of the bas-relief. He spoke in a dreamy, stilted manner which suggested pose and alienated sympathy; and my uncle showed some sharpness in replying, for the conspicuous freshness of the tablet implied kinship with anything but archeology. Young Wilcox's rejoinder, which impressed my uncle enough to make him recall and record it *verbatim*, was of a fantastically poetic cast which must have typified his whole conversation, and which I have since found highly characteristic of him. He said, "It is new, indeed, for I made it last night in a dream of strange cities; and dreams are older than brooding Tyre, or the contemplative Sphinx, or garden-girdled Babylon."

It was then that he began that rambling tale which suddenly played upon a sleeping memory and won the fevered interest of my uncle. There had been a slight earth-

fância chamado a atenção por histórias estranhas e sonhos ímpares que tinha o hábito de contar. Chamava a si mesmo "psiquicamente hipersensível", mas a gente sisuda da antiga cidade comercial o descartava apenas como um "esquisito". Jamais se integrando aos de seu tipo, perdera gradualmente a visibilidade social e era agora conhecido só de um pequeno grupo de estetas de outras cidades. Até o Clube de Arte de Providence, ansioso por preservar seu conservadorismo, o considerava realmente um caso perdido.

Na ocasião da visita, dizia o manuscrito do professor, o escultor abruptamente pediu que o anfitrião o beneficiasse com seu conhecimento arqueológico para identificar os hieróglifos no baixo-relevo. Falava numa maneira de sonho, afetada, o que sugeria altivez e simpatia distante; e meu tio mostrou-se algo incisivo na resposta, porque o notável frescor do tablete implicava afinidade com tudo, menos arqueologia. A réplica do jovem Wilcox, impressionando meu tio o suficiente para recordá-la e registrá-la *verbatim*, era de um matiz tão fantasticamente poético que coloria todo o seu modo de falar, e que desde então julguei muito característico dele. Disse, "É novo, de fato, pois o fiz ontem à noite em um sonho de estranhas cidades; e sonhos são mais antigos do que a inquietante Tiro, ou a contemplativa Esfinge, ou a Babilônia cingida de jardins".

Foi quando começou aquele conto divagante que de súbito fisgou uma memória adormecida e ganhou o febril interesse do meu tio. Houvera um leve tremor de terra

quake tremor the night before, the most considerable felt in New England for some years; and Wilcox's imagination had been keenly affected. Upon retiring, he had had an unprecedented dream of great Cyclopean cities of Titan blocks and sky-flung monoliths, all dripping with green ooze and sinister with latent horror. Hieroglyphics had covered the walls and pillars, and from some undetermined point below had come a voice that was not a voice; a chaotic sensation which only fancy could transmute into sound, but which he attempted to render by the almost unpronounceable jumble of letters: "*Cthulhu fhtagn*."

This verbal jumble was the key to the recollection which excited and disturbed Professor Angell. He questioned the sculptor with scientific minuteness; and studied with frantic intensity the bas-relief on which the youth had found himself working, chilled and clad only in his night clothes, when waking had stolen bewilderingly over him. My uncle blamed his old age, Wilcox afterwards said, for his slowness in recognizing both hieroglyphics and pictorial design. Many of his questions seemed highly out of place to his visitor, especially those which tried to connect the latter with strange cults or societies; and Wilcox could not understand the repeated promises of silence which he was offered in exchange for an admission of membership in some widespread mystical or paganly religious body. When Professor Angell became convinced that the sculptor was indeed ignorant of any cult or system of cryptic lore, he besieged his visitor with demands for future re-

na outra noite, o mais significativo já sentido na Nova Inglaterra em alguns anos; e a imaginação de Wilcox fora afetada agudamente. Cidades ciclópicas de blocos titânicos e monolitos projetados aos céus, gotejando todas um lodo verde e sinistras de horror latente. Hieróglifos haviam coberto as muralhas e os pilares, e de um ponto indeterminado no fundo vinha uma voz que não era uma voz: uma sensação caótica que só a fantasia transmutaria em som, mas que tentava representar pela quase impronunciável mixórdia de letras "*Cthulhu fhtagn*".

Essa mixórdia verbal era a chave para a recordação que excitara e perturbara o professor Angell. Questionou o escultor com minúcia científica; e estudou com intensidade quase frenética o baixo-relevo no qual o jovem havia se achado trabalhando arrepiado e trajando apenas seus pijamas, quando o despertar se insinuou confusamente sobre ele. Meu tio culpara a idade avançada, disse Wilcox depois, pela lentidão em reconhecer tanto os hieróglifos quanto o plano pictórico. Muitas das suas questões pareceram enormemente fora de propósito ao visitante, em especial aquelas que tentavam conectá-lo a estranhos cultos e sociedades; e Wilcox não compreendia as repetidas promessas de silêncio que lhe eram oferecidas em troca da admissão de filiação a algum amplo grupo místico, ou religioso pagão. Quando o professor Angell se convenceu de que o escultor de fato ignorava qualquer culto ou sistema de tradição críptica, ele assediou seu visitante com pedidos sobre relatos futuros de sonhos. Isso deu frutos regulares,

ports of dreams. This bore regular fruit, for after the first interview the manuscript records daily calls of the young man, during which he related startling fragments of nocturnal imaginery whose burden was always some terrible Cyclopean vista of dark and dripping stone, with a subterrene voice or intelligence shouting monotonously in enigmatical sense-impacts uninscribable save as gibberish. The two sounds frequently repeated are those rendered by the letters "*Cthulhu*" and "*R'lyeh*."

On March 23, the manuscript continued, Wilcox failed to appear; and inquiries at his quarters revealed that he had been stricken with an obscure sort of fever and taken to the home of his family in Waterman Street. He had cried out in the night, arousing several other artists in the building, and had manifested since then only alternations of unconsciousness and delirium. My uncle at once telephoned the family, and from that time forward kept close watch of the case; calling often at the Thayer Street office of Dr. Tobey, whom he learned to be in charge. The youth's febrile mind, apparently, was dwelling on strange things; and the doctor shuddered now and then as he spoke of them. They included not only a repetition of what he had formerly dreamed, but touched wildly on a gigantic thing "miles high" which walked or lumbered about. He at no time fully described this object but occasional frantic words, as repeated by Dr. Tobey, convinced

pois, passada a primeira entrevista, o manuscrito registra contatos diários do jovem, durante os quais relatava fragmentos alarmantes de imagens noturnas, cujo fardo era sempre alguma terrível paisagem ciclópica de rocha escura e gotejante, e uma voz ou inteligência subterrânea berrando monotonamente em enigmáticos impactos sensoriais, irregistráveis senão como mera algaravia. Os dois sons mais frequentemente repetidos eram os representados pelas palavras "*Cthulhu*" e "*R'lyeh*".

Em 23 de março, o manuscrito continuava, Wilcox não apareceu; e buscas a seus aposentos revelaram que, acometido de um tipo obscuro de febre, o haviam levado para a casa de sua família em Waterman Street. Gritara no meio da noite, acordando vários outros artistas no prédio, e daí manifestara apenas alternâncias de inconsciência e delírio. Meu tio imediatamente telefonou para a família, e daquele momento em diante manteve vigília estrita sobre o caso; chamava com frequência o consultório do Dr. Tobey em Thayer Street, que lhe disseram ser o responsável. A mente febril do jovem, aparentemente, vivia em coisas estranhas, e o doutor estremecia, vez ou outra, quando ele falava delas. As coisas incluíam não apenas uma repetição do que havia sonhado antes, mas chegavam furiosamente a algo gigantesco "com milhas de altura", e que caminhava, ou arrastava-se em algum lugar. Em nenhum momento descreveu em detalhe esse ponto, mas palavras frenéticas e ocasionais, como as reproduzidas pelo Dr. Tobey, convenceram o professor de que aquilo

the professor that it must be identical with the nameless monstrosity he had sought to depict in his dream-sculpture. Reference to this object, the doctor added, was invariably a prelude to the young man's subsidence into lethargy. His temperature, oddly enough, was not greatly above normal; but the whole condition was otherwise such as to suggest true fever rather than mental disorder.

On April 2 at about 3 P.M. every trace of Wilcox's malady suddenly ceased. He sat upright in bed, astonished to find himself at home and completely ignorant of what had happened in dream or reality since the night of March 22. Pronounced well by his physician, he returned to his quarters in three days; but to Professor Angell he was of no further assistance. All traces of strange dreaming had vanished with his recovery, and my uncle kept no record of his night-thoughts after a week of pointless and irrelevant accounts of thoroughly usual visions.

Here the first part of the manuscript ended, but references to certain of the scattered notes gave me much material for thought — so much, in fact, that only the ingrained skepticism then forming my philosophy can account for my continued distrust of the artist. The notes in question were those descriptive of the dreams of various persons covering the same period as that in which young Wilcox had had his strange visitations. My uncle, it seems, had quickly instituted a prodigiously far-flung body of inquires amongst nearly all the friends whom he could

deveria ser idêntico à monstruosidade sem nome que buscara representar em sua escultura de sonho. Qualquer referência a esse ponto, acrescentava o doutor, era invariavelmente um prelúdio para o retorno do jovem à letargia. Sua temperatura, curiosamente, não ia muito além do comum, mas sua condição geral, por outro lado, sugeria antes febre verdadeira do que uma condição mental.

Em 2 de abril, por volta das 3 da tarde, todos os traços da afecção de Wilcox cessaram subitamente. Sentou-se ereto na cama, surpreso de encontrar-se em casa, e completamente ignorante do que houvera, em sonho ou realidade, desde a noite de 22 de março. Recebendo alta de seu médico, retornou a seus aposentos em três dias; mas para o professor Angell ele já não servia de assistência: todos os indícios de sonhos estranhos haviam desaparecido com a sua recuperação, e meu tio não manteve registro dos pensamentos noturnos após uma semana de relatos, inúteis e irrelevantes, de visões inteiramente comuns.

Aqui se encerrava a primeira parte do manuscrito, mas referências a certas notas esparsas deram-me muito mais material para pensar — tanto, na verdade, que apenas o arraigado ceticismo então formador da minha filosofia pode explicar minha contínua desconfiança com respeito ao artista. As notas em questão eram as que descreviam os sonhos de várias pessoas, cobrindo o mesmo período no qual o jovem Wilcox recebera suas estranhas visitações. Meu tio, ao que parece, instituíra rápido um conjunto prodigiosamente vasto de questões entre quase todos os

question without impertinence, asking for nightly reports of their dreams, and the dates of any notable visions for some time past. The reception of his request seems to have varied; but he must, at the very least, have received more responses than any ordinary man could have handled without a secretary. This original correspondence was not preserved, but his notes formed a thorough and really significant digest. Average people in society and business — New England's traditional "salt of the earth" — gave an almost completely negative result, though scattered cases of uneasy but formless nocturnal impressions appear here and there, always between March 23 and April 2 — the period of young Wilcox's delirium. Scientific men were little more affected, though four cases of vague description suggest fugitive glimpses of strange landscapes, and in one case there is mentioned a dread of something abnormal.

It was from the artists and poets that the pertinent answers came, and I know that panic would have broken loose had they been able to compare notes. As it was, lacking their original letters, I half suspected the compiler of having asked leading questions, or of having edited the correspondence in corroboration of what he had latently resolved to see. That is why I continued to feel that Wilcox, somehow cognizant of the old data which my uncle had possessed, had been imposing on the veteran scientist. These responses from esthetes told disturbing

amigos que podia questionar sem impertinência, pedindo-lhes relatórios noturnos de sonhos e as datas de quaisquer visões dignas de nota no passado recente. A recepção a esse pedido parece ter sido variada; mas, no mínimo, terá recebido mais respostas do que qualquer pessoa comum poderia lidar sem uma secretária. Essa correspondência original não foi preservada, mas suas notas formaram um farto e significativo compêndio. Gente mediana na sociedade e nos negócios — o tradicional "sal da terra" da Nova Inglaterra — forneceu um resultado quase inteiramente negativo, embora alguns casos esparsos de inquietas e disformes impressões noturnas apareçam aqui e ali, sempre entre 23 de março e 2 de abril — o período de delírio do jovem Wilcox. Homens da ciência foram afetados ligeiramente mais, ainda que quatro casos de descrição vaga sugiram relances fugidios de estranhas paisagens, e em um caso mencione-se o pavor de algo anormal.

Foi dos artistas e dos poetas que vieram as respostas pertinentes, e estou certo de que o pânico teria se espalhado se tivessem podido comparar notas. Assim como estava, com a falta das cartas originais, tive em parte a suspeita de que o compilador fizera perguntas tendenciosas, ou de que teria editado a correspondência para corroboração do que, de modo latente, já estivesse decidido a ver. Por isso continuava a sentir que Wilcox, conhecendo de alguma forma os antigos dados em posse de meu tio, aplicava um truque no cientista veterano. Aquelas respostas de estetas contavam uma história perturbadora: de 28 de

tale. From February 28 to April 2 a large proportion of them had dreamed very bizarre things, the intensity of the dreams being immeasurably the stronger during the period of the sculptor's delirium. Over a fourth of those who reported anything, reported scenes and half-sounds not unlike those which Wilcox had described; and some of the dreamers confessed acute fear of the gigantic nameless thing visible toward the last. One case, which the note describes with emphasis, was very sad. The subject, a widely known architect with leanings toward theosophy and occultism, went violently insane on the date of young Wilcox's seizure, and expired several months later after incessant screamings to be saved from some escaped denizen of hell. Had my uncle referred to these cases by name instead of merely by number, I should have attempted some corroboration and personal investigation; but as it was, I succeeded in tracing down only a few. All of these, however, bore out the notes in full. I have often wondered if all the objects of the professor's questioning felt as puzzled as did this fraction. It is well that no explanation shall ever reach them.

The press cuttings, as I have intimated, touched on cases of panic, mania, and eccentricity during the given period. Professor Angell must have employed a cutting bureau, for the number of extracts was tremendous, and the sources scattered throughout the globe. Here was a nocturnal suicide in London, where a lone sleeper had

fevereiro a 2 de abril, uma larga proporção deles havia sonhado coisas muito bizarras, e os sonhos imensuravelmente mais fortes em intensidade aconteciam durante o período do delírio do escultor. Mais de um quarto dos que fizeram relatos descreveram cenas, e como que sons, não diferentes dos que Wilcox descrevera; e alguns dos sonhadores confessaram um medo agudo da gigantesca coisa sem nome, visível quase ao fim. Um caso, que a nota descreve com ênfase, era muito triste. O indivíduo, arquiteto bem conhecido, com inclinação para a teosofia e o ocultismo, tornou-se violentamente insano na data da crise do jovem Wilcox e faleceu muitos meses depois, após brados incessantes implorando para ser salvo de um fugitivo habitante do inferno. Se meu tio houvesse se referido aos casos por nome ao invés de apenas por número, eu teria tentado corroborá-los com alguma investigação pessoal; mas assim como estava, tive sucesso em rastrear apenas uns poucos. Todos esses, no entanto, tinham notas completas. Imaginava com frequência se os demais objetos dos questionários do professor se sentiam tão perplexos quanto essa porção deles. É bom que nenhuma explicação jamais lhes alcançará.

Os recortes de jornais, como disse, abordavam casos de pânico, mania e excentricidade durante o período considerado. O professor Angell deve ter mantido todo um escritório para os recortes, porque o número de extratos era descomunal e as fontes se espalhavam pelo globo. Aqui se achava um suicida noturno em Londres, onde um

leaped from a window after a shocking cry. Here likewise a rambling letter to the editor of a paper in South America, where a fanatic deduces a dire future from visions he has seen. A dispatch from California describes a theosophist colony as donning white robes en masse for some "glorious fulfillment" which never arrives, whilst items from India speak guardedly of serious native unrest toward the end of March 22–23. The west of Ireland, too, is full of wild rumour and legendry, and a fantastic painter named Ardois-Bonnot hangs a blasphemous Dream Landscape in the Paris spring salon of 1926. And so numerous are the recorded troubles in insane asylums that only a miracle can have stopped the medical fraternity from noting strange parallelisms and drawing mystified conclusions. A weird bunch of cuttings, all told; and I can at this date scarcely envisage the callous rationalism with which I set them aside. But I was then convinced that young Wilcox had known of the older matters mentioned by the professor.

homem dormindo solitário pulara de uma janela após um grito chocante. Ali, do mesmo modo, uma carta incoerente para o editor de um jornal na América do Sul, onde um fanático deduz um futuro lúgubre a partir das visões que tivera. Um despacho vindo da Califórnia descreve uma colônia teosófica onde todos vestiam robes brancos para um "evento glorioso" que jamais chega, enquanto itens vindos da Índia falam cautelosamente de uma séria agitação entre os nativos, perto do fim de março. Orgias vodu se multiplicam no Haiti, e postos africanos reportam murmurações agourentas. Oficiais americanos nas Filipinas acham certas tribos incômodas por volta do mesmo momento, e policiais em Nova York são atacados por levantinos histéricos na noite de 22 para 23 de março. No oeste da Irlanda também correm rumores aberrantes e lendas, e um pintor de temas fantásticos, chamado Ardois-Bonnot, expõe uma blasfema "Paisagem Onírica" no salão de primavera em Paris, 1926. Tão numerosos são os problemas registrados nos asilos para insanos que só um milagre pode ter evitado que a comunidade médica notasse estranhos paralelismos e traçasse conclusões mistificantes. Um punhado bizarro de recortes, que seja dito; e hoje eu mal posso imaginar o nível de racionalidade rude com o qual o pus de lado. Mas então eu estava convencido de que o jovem Wilcox sabia das questões antigas mencionadas pelo professor.

The Tale of Inspector Legrasse

The older matters which had made the sculptor's dream and bas-relief so significant to my uncle formed the subject of the second half of his long manuscript. Once before, it appears, Professor Angell had seen the hellish outlines of the nameless monstrosity, puzzled over the unknown hieroglyphics, and heard the ominous syllables which can be rendered only as "*Cthulhu*"; and all this in so stirring and horrible a connection that it is small wonder he pursued young Wilcox with queries and demands for data.

This earlier experience had come in 1908, seventeen years before, when the American Archaeological Society held its annual meeting in St. Louis. Professor Angell, as befitted one of his authority and attainments, had had a prominent part in all the deliberations; and was one of the first to be approached by the several outsiders who took advantage of the convocation to offer questions for correct answering and problems for expert solution.

The chief of these outsiders, and in a short time the focus of interest for the entire meeting, was a commonplace-looking middle-aged man who had traveled all the way from New Orleans for certain special information unob-

A narrativa do inspetor Legrasse

As questões antigas que fizeram o sonho e o baixo-relevo do escultor tão significativos para o meu tio compunham o assunto da segunda metade de seu longo manuscrito. Já uma vez antes, parece, o professor Angell notara os contornos infernais da monstruosidade inominável, intrigara-se com os hieróglifos desconhecidos e ouvira as sílabas nefastas que apenas poderiam ser transcritas como "*Cthulhu*"; e tudo isso numa conexão tão horrível e tantalizante que não surpreende o ter procurado o jovem Wilcox com questões e pedidos por informação.

A mais antiga experiência ocorrera em 1908, dezessete anos antes, quando a Sociedade Arqueológica Americana teve seu encontro anual em St. Louis. O professor Angell, como cabia a alguém de sua autoridade e de seus êxitos, tivera um papel destacado em todas as deliberações; e foi um dos primeiros a serem abordados pelos muitos leigos que aproveitavam a oportunidade de fazer perguntas para conseguir respostas exatas, e de apresentar problemas para a solução de especialistas.

O principal desses leigos, e logo o foco de interesse para o encontro todo, era um homem de meia-idade e aparência convencional que viajara desde New Orleans

tainable from any local source. His name was John Raymond Legrasse, and he was by profession an Inspector of Police. With him he bore the subject of his visit, a grotesque, repulsive, and apparently very ancient stone statuette whose origin he was at a loss to determine. It must not be fancied that Inspector Legrasse had the least interest in archaeology. On the contrary, his wish for enlightenment was prompted by purely professional considerations. The statuette, idol, fetish, or whatever it was, had been captured some months before in the wooded swamps south of New Orleans during a raid on a supposed voodoo meeting; and so singular and hideous were the rites connected with it, that the police could not but realize that they had stumbled on a dark cult totally unknown to them, and infinitely more diabolic than even the blackest of the African voodoo circles. Of its origin, apart from the erratic and unbelievable tales extorted from the captured members, absolutely nothing was to be discovered; hence the anxiety of the police for any antiquarian lore which might help them to place the frightful symbol, and through it track down the cult to its fountain-head.

Inspector Legrasse was scarcely prepared for the sensation which his offering created. One sight of the thing had been enough to throw the assembled men of science into a state of tense excitement, and they lost no time in crowding around him to gaze at the diminutive figure

por certa informação especial que não poderia ser obtida de nenhuma fonte local. Seu nome era John Raymond Legrasse, e era, de profissão, inspetor da polícia. Trouxera consigo o assunto de sua visita, uma estatueta de pedra, grotesca e repulsiva, aparentemente muito antiga, cuja origem não tinha noção de como determinar. Não se deve supor que o inspetor Legrasse tivesse ainda que um vago interesse em arqueologia. Ao contrário, seu desejo por esclarecimento era atiçado por considerações puramente profissionais. A estatueta, ídolo, fetiche ou o que quer que fosse, havia sido apreendida alguns meses antes nos pântanos arborizados ao sul de New Orleans durante uma batida a um suposto encontro vodu; e tão singulares e horrendos eram os ritos ligados a ela que a polícia não teve como não perceber que esbarrara em um culto sombrio totalmente desconhecido, e infinitamente mais diabólico do que mesmo o mais sombrio de todos os círculos de vodu africano. Sobre sua origem, a despeito das histórias erráticas e inacreditáveis extraídas de membros capturados, absolutamente nada se pôde descobrir; daí a ansiedade da polícia por qualquer repertório antiquário que pudesse ajudá-los a estabelecer o símbolo assustador, e a partir disso rastrear o culto até a sua fonte.

O inspetor Legrasse estava bem pouco preparado para a sensação que sua oferta causou. Um vislumbre da coisa fora o suficiente para lançar as pessoas reunidas lá em um estado de tenso excitamento, e não perderam tempo em se ajuntar a seu lado para espiar a diminuta figura,

whose utter strangeness and air of genuinely abysmal antiquity hinted so potently at unopened and archaic vistas. No recognized school of sculpture had animated this terrible object, yet centuries and even thousands of years seemed recorded in its dim and greenish surface of unplaceable stone.

The figure, which was finally passed slowly from man to man for close and careful study, was between seven and eight inches in height, and of exquisitely artistic workmanship. It represented a monster of vaguely anthropoid outline, but with an octopus-like head whose face was a mass of feelers, a scaly, rubbery-looking body, prodigious claws on hind and fore feet, and long, narrow wings behind. This thing, which seemed instinct with a fearsome and unnatural malignancy, was of a somewhat bloated corpulence, and squatted evilly on a rectangular block or pedestal covered with undecipherable characters. The tips of the wings touched the back edge of the block, the seat occupied the centre, whilst the long, curved claws of the doubled-up, crouching hind legs gripped the front edge and extended a quarter of the way down toward the bottom of the pedestal. The cephalopod head was bent forward, so that the ends of the facial feelers brushed the backs of huge fore paws which clasped the croucher's elevated knees. The aspect of the whole was abnormally life-like, and the more subtly fearful because its source was so totally unknown. Its vast, awesome, and incalcu-

cuja extrema estranheza e ainda o ar de genuína e abismal antiguidade sugeriam enfaticamente hipóteses arcaicas e não exploradas. Nenhuma escola de escultura reconhecível havia animado esse terrível objeto, e, no entanto, séculos ou mesmo milhares de anos pareciam gravados na superfície baça e esverdeada da pedra irreconhecível.

A figura, que finalmente passava de mão em mão para estudo próximo e cuidadoso, tinha entre sete e oito polegadas de altura, e era de artesanato artístico requintado. Representava um monstro de contornos vagamente antropoides, mas com uma cabeça como que de polvo, cuja face era uma massa de tentáculos, o corpo, escamoso de aparência elástica, garras prodigiosas nos pés da frente e de trás, e longas asas estreitas nas costas. Essa coisa, que parecia infusa de malignidade abominável e antinatural, tinha corpulência algo inchada, e se acocorava com perversidade num bloco retangular, ou um pedestal, coberto de caracteres indecifráveis. As pontas das asas tocavam a extremidade da parte de trás do bloco, o assento ocupava o meio, enquanto as garras longas e curvas das pernas traseiras, dobradas e agachadas, agarravam a borda dianteira e tomavam um quarto da distância até a base do pedestal. A cabeça do cefalópode se inclinava para a frente, de modo que as pontas dos tentáculos faciais resvalavam na parte de cima das enormes patas dianteiras fincadas nos joelhos elevados da criatura. O aspecto completo sugeria, de modo anormal, algo vivo e sutilmente mais temível por sua origem de todo desconhecida. Sua vasta, pavorosa

lable age was unmistakable; yet not one link did it shew with any known type of art belonging to civilization's youth — or indeed to any other time. Totally separate and apart, its very material was a mystery; for the soapy, greenish-black stone with its golden or iridescent flecks and striations resembled nothing familiar to geology or mineralogy. The characters along the base were equally baffling; and no member present, despite a representation of half the world's expert learning in this field, could form the least notion of even their remotest linguistic kinship. They, like the subject and material, belonged to something horribly remote and distinct from mankind as we know it, something frightfully suggestive of old and unhallowed cycles of life in which our world and our conceptions have no part.

And yet, as the members severally shook their heads and confessed defeat at the Inspector's problem, there was one man in that gathering who suspected a touch of bizarre familiarity in the monstrous shape and writing, and who presently told with some diffidence of the odd trifle he knew. This person was the late William Channing Webb, Professor of Anthropology in Princeton University, and an explorer of no slight note. Professor Webb had been engaged, forty-eight years before, in a tour of Greenland and Iceland in search of some Runic

e incalculável idade, algo inequívoco; e ainda assim não apontava sequer uma ligação com quaisquer dos tipos conhecidos de arte pertencente à infância da civilização — ou, a bem da verdade, com qualquer outro período. Totalmente único e à parte, mesmo o seu material era um mistério; pois a pedra luzidia, verde-escura, mosqueada e estriada de dourado ou iridescente não se parecia com nada em geologia ou mineralogia. Os caracteres na base eram igualmente exasperantes; e nenhum dos membros presentes, a despeito de representarem metade do conhecimento especializado nesse campo em todo o mundo, conseguia formar ainda que uma noção de sua mais remota família linguística. Aquilo, como o tema e o material, pertencia a algo horrivelmente remoto e diverso da humanidade como a conhecemos; algo assustadoramente sugestivo de ciclos de vida antigos e profanos, nos quais o nosso mundo e os nossos conceitos não têm parte.

E, enquanto os membros todos balançavam as cabeças e confessavam a derrota diante do dilema do inspetor, houve ainda assim um homem naquela conferência que suspeitou de uma bizarra familiaridade na forma monstruosa e na escrita, e que de imediato contou, com certa reserva, uma peculiar trivialidade de seu conhecimento. Essa pessoa foi o finado William Channing Webb, professor de antropologia da Universidade de Princeton, e explorador de não pouca monta. O professor Webb havia tomado parte, quarenta e oito anos antes, em uma expedição à Groenlândia e à Islândia, buscando inscrições

inscriptions which he failed to unearth; and whilst high up on the West Greenland coast had encountered a singular tribe or cult of degenerate Esquimaux whose religion, a curious form of devil-worship, chilled him with its deliberate bloodthirstiness and repulsiveness. It was a faith of which other Esquimaux knew little, and which they mentioned only with shudders, saying that it had come down from horribly ancient aeons before ever the world was made. Besides nameless rites and human sacrifices there were certain queer hereditary rituals addressed to a supreme elder devil or *tornasuk*; and of this Professor Webb had taken a careful phonetic copy from an aged *angekok* or wizard-priest, expressing the sounds in Roman letters as best he knew how. But just now of prime significance was the fetish which this cult had cherished, and around which they danced when the aurora leaped high over the ice cliffs. It was, the professor stated, a very crude bas-relief of stone, comprising a hideous picture and some cryptic writing. And so far as he could tell, it was a rough parallel in all essential features of the bestial thing now lying before the meeting.

This data, received with suspense and astonishment by the assembled members, proved doubly exciting to Inspector Legrasse; and he began at once to ply his informant with questions. Having noted and copied an oral ritual among the swamp cult-worshippers his men had arrested, he besought the professor to remember as best

rúnicas que antes falhara em encontrar; e, lá no alto, na costa da Groenlândia Ocidental, encontrara uma tribo singular, ou culto de esquimós degenerados, cuja religião, uma forma curiosa de adoração do demônio, lhe deu calafrios por suas deliberadas sede de sangue e repugnância. Era uma fé que outros esquimós conheciam pouco, e que mencionavam sempre estremecidos, dizendo que aquilo vinha de eras horrivelmente antigas, de antes mesmo que o mundo se fizesse. Além de rituais inomináveis e sacrifícios humanos, havia certos rituais hereditários exóticos, dedicados a um demônio supremo mais antigo, ou *tornasuk*;[6] e desse, o professor Webb tomara o cuidadoso registro fonético de um *angekok*, ou mago-sacerdote, expressando os sons em alfabeto romano tão bem quanto pudesse. Mas, no momento, era de importância capital o fetiche que aquele culto prezara, e em torno do qual dançavam quando a aurora saltou sobre os montes gelados. Era, declarou o professor, um baixo-relevo bem rústico, de pedra, abrangendo uma imagem horrenda e uns escritos crípticos. E, tanto quanto sabia, um paralelo tosco, em todas as características essenciais, daquela coisa bestial agora diante da conferência.

Esses dados, recebidos com suspense e espanto pelos membros reunidos, provou ser duplamente estimulante para o inspetor Legrasse: começou de imediato a cobrir de perguntas o seu informante. Tendo anotado e copiado um rito oral entre os membros do culto que seus homens haviam prendido no pântano, ele rogou ao professor que

he might the syllables taken down amongst the diabolist Esquimaux. There then followed an exhaustive comparison of details, and a moment of really awed silence when both detective and scientist agreed on the virtual identity of the phrase common to two hellish rituals so many worlds of distance apart. What, in substance, both the Esquimaux wizards and the Louisiana swamp-priests had chanted to their kindred idols was something very like this: the word-divisions being guessed at from traditional breaks in the phrase as chanted aloud:

"*Ph'nglui mglw'nafh Cthulhu R'lyeh wgah'nagl fhtagn.*"

Legrasse had one point in advance of Professor Webb, for several among his mongrel prisoners had repeated to him what older celebrants had told them the words meant. This text, as given, ran something like this:

"*In his house at R'lyeh dead Cthulhu waits dreaming.*"

And now, in response to a general and urgent demand, Inspector Legrasse related as fully as possible his experience with the swamp worshippers; telling a story to which I could see my uncle attached profound significance. It savoured of the wildest dreams of myth-maker and theosophist, and disclosed an astonishing degree of cosmic imagination among such half-castes and pariahs as might be least expected to possess it.

lembrasse, o melhor que pudesse, as sílabas registradas entre os esquimós diabólicos. Daí se seguiu uma exaustiva comparação de detalhes, e um momento de silêncio reverente quando, detetive e cientista, concordaram sobre a identidade possível de uma frase comum aos dois ritos infernais, com mundos de distância entre si. O que, em substância, tanto os feiticeiros esquimós e os sacerdotes do pântano da Louisiana haviam cantado a seus ídolos aparentados era algo como isto — as divisões entre palavras conjecturaram-se das pausas tradicionais na frase, tal como cantada em voz alta:

"*Ph'nglui mglw'nafh Cthulhu R'lyeh wgah'nagl fhtagn.*"

Legrasse estava um ponto adiante do professor Webb, pois vários dentre seus prisioneiros mestiços haviam repetido a ele o que os mais antigos celebrantes lhes tinham dito significar as palavras. Esse texto, tal como estava, queria dizer mais ou menos:

"*Em sua morada em R'lyeh o morto Cthulhu aguarda sonhando.*"

E logo, em resposta a um pedido geral e urgente, o inspetor Legrasse contou, do modo mais completo possível, sua experiência com os adoradores no pântano; história à qual posso ver que meu tio atribuía profunda importância. Sabia aos sonhos mais selvagens dos criadores de mitos e dos teósofos, e revelava um grau de imaginação cósmica tão espantoso entre aqueles pardos e párias quanto se podia esperar.

On November 1st, 1907, there had come to the New Orleans police a frantic summons from the swamp and lagoon country to the south. The squatters there, mostly primitive but good-natured descendants of Lafitte's men, were in the grip of stark terror from an unknown thing which had stolen upon them in the night. It was voodoo, apparently, but voodoo of a more terrible sort than they had ever known; and some of their women and children had disappeared since the malevolent tom-tom had begun its incessant beating far within the black haunted woods where no dweller ventured. There were insane shouts and harrowing screams, soul-chilling chants and dancing devil-flames; and, the frightened messenger added, the people could stand it no more.

So a body of twenty police, filling two carriages and an automobile, had set out in the late afternoon with the shivering squatter as a guide. At the end of the passable road they alighted, and for miles splashed on in silence through the terrible cypress woods where day never came. Ugly roots and malignant hanging nooses of Spanish moss beset them, and now and then a pile of dank stones or fragment of a rotting wall intensified by its hint of morbid habitation a depression which every malformed tree and every fungous islet combined to create. At length the squatter settlement, a miserable huddle of huts, hove in sight; and hysterical dwellers ran out to cluster around

Em 1º de novembro de 1907 chegaram à polícia de New Orleans chamados frenéticos da região do pântano e da lagoa, ao sul. Os ocupantes clandestinos lá, sobretudo uns descendentes primitivos, mas de boa índole, dos Lafitte,[7] estavam transidos de horror por causa de algo desconhecido que os havia abordado no meio da noite. Era aparentemente vodu, mas vodu de um tipo bem mais terrível do que conheciam; e algumas de suas mulheres e crianças haviam desaparecido desde que o malévolo tambor começara seu incessante batuque das profundezas da assombrada escuridão do bosque, onde nenhum dos moradores ousaria pisar. Havia gritos insanos e berros aflitos, cantos de gelar o sangue e flamas que dançavam demoníacas; e, acrescentava o apavorado mensageiro, as pessoas já não aguentavam mais aquilo.

Então um destacamento de vinte policiais, enchendo duas carruagens e um automóvel, saiu naquela tarde com o temeroso ocupante como guia. Ao fim da via transitável eles desceram, e chapinharam em silêncio por milhas no meio do bosque de ciprestes, onde o dia jamais chegou. Feias raízes e entrenós malignos que pendiam da barba-de-velho os assolavam, e de vez em quando uma pilha de pedras úmidas ou o fragmento de um muro pútrido intensificava, pelo indício de mórbida habitação, uma depressão que cada árvore malformada e toda ilhota de fungos combinava-se para criar. Adiante, o assentamento dos ocupantes: um amontoado miserável de barracas pairava à vista; e moradores histéricos corriam para fora a se aglo-

the group of bobbing lanterns. The muffled beat of tom-toms was now faintly audible far, far ahead; and a curdling shriek came at infrequent intervals when the wind shifted. A reddish glare, too, seemed to filter through pale undergrowth beyond the endless avenues of forest night. Reluctant even to be left alone again, each one of the cowed squatters refused point-blank to advance another inch toward the scene of unholy worship, so Inspector Legrasse and his nineteen colleagues plunged on unguided into black arcades of horror that none of them had ever trod before.

The region now entered by the police was one of traditionally evil repute, substantially unknown and untraversed by white men. There were legends of a hidden lake unglimpsed by mortal sight, in which dwelt a huge, formless white polypous thing with luminous eyes; and squatters whispered that bat-winged devils flew up out of caverns in inner earth to worship it at midnight. They said it had been there before D'Iberville, before La Salle, before the Indians, and before even the wholesome beasts and birds of the woods. It was nightmare itself, and to see it was to die. But it made men dream, and so they knew enough to keep away. The present voodoo orgy was, indeed, on the merest fringe of this abhorred area, but that location was bad enough; hence perhaps the very place

merar junto das lanternas que balançavam. O batucar abafado dos tambores agora se ouvia fraco e distante, muito distante; e um aulido azedo vinha a intervalos irregulares, com a mudança do vento. Um brilho avermelhado também se parecia filtrar através da pálida vegetação rasteira, para além das infinitas aleias da floresta noturna. Relutantes até mesmo em ficar a sós de novo, todos os acuados ocupantes se recusavam definitivamente a avançar um centímetro que fosse para de onde vinha aquela adoração profana, e então o inspetor Legrasse e seus dezenove colegas meteram-se sem guia nas negras arcadas do horror que lhes eram desconhecidas.

A região que a polícia agora adentrava era tradicionalmente de má reputação, sobretudo incógnita e impenetrada por homens brancos. Havia lendas de um lago escondido, jamais vislumbrado por olhos mortais, onde vivia uma coisa pólipa, enorme, sem forma e branca, com olhos luminosos; e alguns dos ocupantes murmuravam que demônios com asas de morcego voavam das cavernas para a floresta, em adoração àquilo, à meia-noite. Diziam que a coisa estivera lá desde antes de D'Iberville, antes de La Salle,[8] antes dos índios, e mesmo antes dos animais e pássaros bons do bosque. Um vivo pesadelo, e presenciá-lo seria a morte. Mas fazia os homens sonhar, e assim sabiam o suficiente para manter distância. Aquela orgia vodu estava, de fato, no exato limite externo da área repulsiva, mas já a sua localização era ruim o bastante; daí talvez o porquê de o próprio lugar de adoração ter hor-

of the worship had terrified the squatters more than the shocking sounds and incidents.

Only poetry or madness could do justice to the noises heard by Legrasse's men as they ploughed on through the black morass toward the red glare and muffled tom-toms. There are vocal qualities peculiar to men, and vocal qualities peculiar to beasts; and it is terrible to hear the one when the source should yield the other. Animal fury and orgiastic license here whipped themselves to daemoniac heights by howls and squawking ecstacies that tore and reverberated through those nighted woods like pestilential tempests from the gulfs of hell. Now and then the less organized ululation would cease, and from what seemed a well-drilled chorus of hoarse voices would rise in sing-song chant that hideous phrase or ritual:

"*Ph'nglui mglw'nafh Cthulhu R'lyeh wgah'nagl fhtagn.*"

Then the men, having reached a spot where the trees were thinner, came suddenly in sight of the spectacle itself. Four of them reeled, one fainted, and two were shaken into a frantic cry which the mad cacophony of the orgy fortunately deadened. Legrasse dashed swamp water on the face of the fainting man, and all stood trembling and nearly hypnotised with horror. In a natural glade of the swamp stood a grassy island of perhaps an acre's extent, clear of trees and tolerably dry. On this now leaped and

rorizado os ocupantes mais do que os sons e incidentes ofensivos.

Só poesia, ou loucura, poderia fazer justiça aos ruídos ouvidos pelos homens de Legrasse ao embrenharem-se mais e mais no negro atoleiro em direção à luminosidade vermelha e aos tambores abafados. Há qualidades vocais específicas dos humanos, e qualidades vocais específicas dos animais: e é terrível ouvir uma quando a fonte deveria fazer soar a outra. Fúria animal e licenciosidade orgíaca aqui se misturavam, em alturas demoníacas, com êxtases de uivos e guinchados que irrompiam e reverberavam pelos bosques noturnos como tempestades pestilentes, vindas dos abismos do inferno. De vez em quando o ululado menos rítmico cessava e, do que parecia um coro de vozes roucas, bem treinado, erguia-se num cantochão aquela frase horrenda, ou ritual:

"*Ph'nglui mglw'nafh Cthulhu R'lyeh wgah'nagl fhtagn.*"

E então, chegando a um ponto onde as árvores eram mais esguias, os homens subitamente se viram diante daquele espetáculo. Quatro deles cambalearam, um desmaiou e dois foram impelidos a uma gritaria frenética, que, afortunadamente, a cacofonia insana da orgia não permitia ouvir. Legrasse lançou a água do pântano no rosto do homem que desmaiou, e todos ficaram ali tremendo e quase hipnotizados de horror. Em uma clareira natural do pântano ficava uma ilha gramada, com por volta de um acre de extensão, sem árvores e toleravelmente seca. Nela

twisted a more indescribable horde of human abnormality than any but a Sime or an Angarola could paint. Void of clothing, this hybrid spawn were braying, bellowing, and writhing about a monstrous ring-shaped bonfire; in the centre of which, revealed by occasional rifts in the curtain of flame, stood a great granite monolith some eight feet in height; on top of which, incongruous in its diminutiveness, rested the noxious carven statuette. From a wide circle of ten scaffolds set up at regular intervals with the flame-girt monolith as a centre hung, head downward, the oddly marred bodies of the helpless squatters who had disappeared. It was inside this circle that the ring of worshippers jumped and roared, the general direction of the mass motion being from left to right in endless Bacchanal between the ring of bodies and the ring of fire.

It may have been only imagination and it may have been only echoes which induced one of the men, an excitable Spaniard, to fancy he heard antiphonal responses to the ritual from some far and unillumined spot deeper within the wood of ancient legendry and horror. This man, Joseph D. Galvez, I later met and questioned; and he proved distractingly imaginative. He indeed went so far as to hint of the faint beating of great wings, and of a glimpse of shining eyes and a mountainous white bulk beyond the remotest trees but I suppose he had been hearing too much native superstition.

agora saltava e se contorcia uma horda de anormalidade humana que só poderia ser descrita como algo que um Sime ou um Angarola[9] pintaria. Desprovidas de roupa, essas crias híbridas estavam zurrando, mugindo e se retorcendo em volta de uma fogueira monstruosa em forma de anel, no centro da qual, revelado por fendas ocasionais na cortina de fogo, estava um grande monolito granítico de uns dois metros e meio de altura, no topo do qual, incongruente em seu tamanho diminuto, ficava entalhada a nociva estatueta. Pendurados em dez andaimes dispostos num amplo círculo de intervalos regulares, tendo o monolito cercado de fogo como centro, estavam os corpos arruinados dos ocupantes indefesos que haviam desaparecido. Era dentro do círculo que a roda de adoradores pulava e rugia, e a direção geral em que a massa se movia era da esquerda para a direita, num bacanal infinito entre a roda de corpos e a roda de fogo.

Talvez tenha sido só a imaginação, e talvez tenham sido só ecos o que induziu um dos homens, um espanhol suscetível, a supor que ouvia respostas antifonais ao ritual a partir de um ponto distante e sem luz, ainda mais fundo naquele bosque de antiga lenda e horror. Esse homem, Joseph D. Galvez, eu depois encontrei e questionei, e ele comprovou ser intrigantemente imaginativo. Chegou ao ponto de sugerir um tênue bater de asas amplas, um relance de olhos brilhantes e um montanhoso maciço branco além das árvores mais remotas — mas suponho que andasse ouvindo muita superstição nativa.

Actually, the horrified pause of the men was of comparatively brief duration. Duty came first; and although there must have been nearly a hundred mongrel celebrants in the throng, the police relied on their firearms and plunged determinedly into the nauseous rout. For five minutes the resultant din and chaos were beyond description. Wild blows were struck, shots were fired, and escapes were made; but in the end Legrasse was able to count some forty-seven sullen prisoners, whom he forced to dress in haste and fall into line between two rows of policemen. Five of the worshippers lay dead, and two severely wounded ones were carried away on improvised stretchers by their fellow-prisoners. The image on the monolith, of course, was carefully removed and carried back by Legrasse.

Examined at headquarters after a trip of intense strain and weariness, the prisoners all proved to be men of a very low, mixed-blooded, and mentally aberrant type. Most were seamen, and a sprinkling of Negroes and mulattoes, largely West Indians or Brava Portuguese from the Cape Verde Islands, gave a colouring of voodooism to the heterogeneous cult. But before many questions were asked, it became manifest that something far deeper and older than Negro fetishism was involved. Degraded and ignorant as they were, the creatures held with surprising consistency to the central idea of their loathsome faith.

Na verdade, a pausa horrorizada dos homens foi de duração comparativamente breve. O dever veio antes; e a despeito do fato de que talvez houvesse uma centena de celebrantes pardos na turba, a polícia confiava em suas armas de fogo e mergulhou com determinação na nauseante balbúrdia. Por cinco minutos o alvoroço e o caos resultantes foram indescritíveis. Atracaram-se selvagemente, tiros foram disparados e fugas se fizeram; porém, ao fim, Legrasse foi capaz de contar uns quarenta e sete prisioneiros mal-encarados, a quem obrigou que se vestissem depressa e formassem uma fila em meio a duas colunas de policiais. Cinco dos adoradores estavam mortos, e os dois gravemente feridos foram levados embora em macas improvisadas por seus colegas prisioneiros. A imagem no monolito, é claro, foi removida cuidadosamente e apreendida por Legrasse.

Examinados na delegacia após um percurso de muita tensão e cansaço, constatou-se que os prisioneiros eram uns tipos de extração muito baixa, mestiços e mentalmente aberrantes. A maioria vivia do mar, e um punhado de negros e mulatos, sobretudo das Índias Ocidentais, ou portugueses de Brava, das ilhas de Cabo Verde, dava um colorido de voduísmo ao culto heterogêneo. Mas antes que se fizesse o interrogatório tornou-se manifesto que algo muito mais profundo e antigo do que fetichismo negro estava envolvido. Degradadas e ignorantes como fossem, as criaturas mantinham consistência surpreendente na ideia central de sua fé asquerosa.

They worshipped, so they said, the Great Old Ones who lived ages before there were any men, and who came to the young world out of the sky. Those Old Ones were gone now, inside the earth and under the sea; but their dead bodies had told their secrets in dreams to the first men, who formed a cult which had never died. This was that cult, and the prisoners said it had always existed and always would exist, hidden in distant wastes and dark places all over the world until the time when the great priest Cthulhu, from his dark house in the mighty city of R'lyeh under the waters, should rise and bring the earth again beneath his sway. Some day he would call, when the stars were ready, and the secret cult would always be waiting to liberate him.

Meanwhile no more must be told. There was a secret which even torture could not extract. Mankind was not absolutely alone among the conscious things of earth, for shapes came out of the dark to visit the faithful few. But these were not the Great Old Ones. No man had ever seen the Old Ones. The carven idol was great Cthulhu, but none might say whether or not the others were precisely like him. No one could read the old writing now, but things were told by word of mouth. The chanted ritual was not the secret — that was never spoken aloud, only whispered. The chant meant only this: "In his house at R'lyeh dead Cthulhu waits dreaming."

Adoravam, assim o diziam, os Grandes Antigos que viveram muitas eras antes de que houvesse o homem, e vieram do céu ao mundo ainda jovem. Esses Antigos já se foram, para dentro da terra ou ao fundo do mar; mas seus corpos mortos haviam contado os segredos em sonhos aos primeiros homens, que assim formaram um culto jamais extinto. Esse era o seu culto, e os prisioneiros disseram que sempre existira, e sempre existiria, escondido nos ermos distantes e nos lugares escuros de todo o mundo, até que o grande sacerdote Cthulhu se erguesse de sua escura morada na imponente cidade de R'lyeh sob as águas, e submetesse a terra novamente a seu jugo. Um dia faria o chamado, quando as estrelas estivessem prontas, e o culto secreto estaria sempre aguardando para liberá-lo.

No ínterim, nada mais havia a ser dito. Havia um segredo que nem mesmo a tortura poderia extrair. A humanidade não se via absolutamente só entre as coisas conscientes da Terra, pois as formas se arrancam do escuro para visitar seus poucos fiéis. Mas essas não eram os Grandes Antigos. Homem algum vira os Grandes Antigos. O ídolo entalhado era o grande Cthulhu, mas ninguém saberia dizer se os outros eram precisamente como ele. Ninguém agora era capaz de ler a antiga escrita, mas as coisas eram passadas boca-a-boca. O ritual cantado não era o segredo — esse jamais fora dito em voz alta, mas apenas em sussurros. O canto significava apenas isto: "Em sua morada em R'lyeh o morto Cthulhu aguarda sonhando".

Only two of the prisoners were found sane enough to be hanged, and the rest were committed to various institutions. All denied a part in the ritual murders, and averred that the killing had been done by Black Winged Ones which had come to them from their immemorial meeting-place in the haunted wood. But of those mysterious allies no coherent account could ever be gained. What the police did extract, came mainly from the immensely aged mestizo named Castro, who claimed to have sailed to strange ports and talked with undying leaders of the cult in the mountains of China.

Old Castro remembered bits of hideous legend that paled the speculations of theosophists and made man and the world seem recent and transient indeed. There had been aeons when other Things ruled on the earth, and They had had great cities. Remains of Them, he said the deathless Chinamen had told him, were still be found as Cyclopean stones on islands in the Pacific. They all died vast epochs of time before men came, but there were arts which could revive Them when the stars had come round again to the right positions in the cycle of eternity. They had, indeed, come themselves from the stars, and brought Their images with Them.

These Great Old Ones, Castro continued, were not composed altogether of flesh and blood. They had shape — for did not this star-fashioned image prove it? — but that shape was not made of matter. When the stars were

Apenas dois dos prisioneiros foram considerados são o suficiente para ser enforcados, e o resto foi internado em várias instituições. Todos negaram participar dos assassinatos rituais, e declararam que a matança fora feita pelos Asas Negras, que lhes vieram de seu imemorial ponto de encontro no bosque assombrado. Porém, a respeito daqueles aliados misteriosos, nenhum relato coerente se pôde extrair. O que a polícia de fato extraiu veio principalmente de um mestiço tremendamente idoso chamado Castro, que alegava ter navegado a portos estranhos e falado com líderes imortais do culto nas montanhas da China.

O velho Castro lembrava partes de uma lenda horrorosa que humilhava as especulações dos teósofos, e fazia o homem e o mundo parecerem de fato recentes e transitórios. Houve eras em que as outras Coisas dominavam a Terra, e Elas haviam feito grandes cidades. Resquícios d'Elas, lhe haviam dito os chineses imortais, podiam ser encontrados como rochas ciclópicas nas ilhas do Pacífico. Todas tinham morrido vastas épocas no tempo antes da chegada do homem, mas certas artes poderiam revivê-Las quando as estrelas retornassem às posições corretas no ciclo da eternidade. Elas vinham, de fato, das estrelas, e traziam Suas imagens Consigo.

Esses Grandes Antigos, Castro prosseguiu, não eram compostos inteiramente de carne e osso. Tinham forma – pois não o provava aquela imagem estelar? –, mas a forma não era feita de matéria. Quando as estrelas esti-

right, They could plunge from world to world through the sky; but when the stars were wrong, They could not live. But although They no longer lived, They would never really die. They all lay in stone houses in Their great city of R'lyeh, preserved by the spells of mighty Cthulhu for a glorious resurrection when the stars and the earth might once more be ready for Them. But at that time some force from outside must serve to liberate Their bodies. The spells that preserved them intact likewise prevented Them from making an initial move, and They could only lie awake in the dark and think whilst uncounted millions of years rolled by. They knew all that was occurring in the universe, for Their mode of speech was transmitted thought. Even now They talked in Their tombs. When, after infinities of chaos, the first men came, the Great Old Ones spoke to the sensitive among them by moulding their dreams; for only thus could Their language reach the fleshly minds of mammals.

Then, whispered Castro, those first men formed the cult around tall idols which the Great Ones showed them; idols brought in dim eras from dark stars. That cult would never die till the stars came right again, and the secret priests would take great Cthulhu from His tomb to revive His subjects and resume His rule of earth. The time would be easy to know, for then mankind would have become as the Great Old Ones; free and wild and beyond

vessem certas, Eles mergulhariam de mundo em mundo através do céu; mas quando estivessem erradas, não poderiam viver. Mas ainda que não mais vivessem, Eles nunca realmente morriam. Repousam todos em moradas de pedra em Sua grande cidade de R'lyeh, preservados pelos feitiços do poderoso Cthulhu para um ressurreição gloriosa quando as estrelas e a Terra outra vez estivessem prontas para Eles. Naquele momento, então, alguma força de fora deveria servir para liberar Seus corpos. Os feitiços que Os haviam preservado intactos da mesma maneira impediam-Nos de fazer um movimento inicial, e Eles podiam apenas repousar despertos no escuro e pensar, enquanto incontáveis milhões de anos se passavam. Sabiam tudo o que estava ocorrendo no universo, mas Seu modo de fala era o pensamento transmitido. Mesmo agora, Eles falavam em Suas tumbas. Quando, após infinidades de caos, os primeiros homens surgiram, os Grandes Antigos falaram aos sensitivos moldando seus sonhos; pois apenas assim Sua linguagem alcançava a mente carnal dos mamíferos.

Então, sussurrou Castro, aqueles primeiros homens formaram o culto em torno de pequenos ídolos que os Grandes Antigos lhes mostraram; ídolos trazidos de estrelas escuras em eras turvas. Aquele culto jamais morreria antes que as estrelas se ajustassem de novo, e os sacerdotes secretos trariam o grande Cthulhu de Sua tumba para reviver Seus súditos e retomar Seu domínio da Terra. O momento seria fácil perceber, pois a humanidade se tornaria como os Grandes Antigos: livre e selvagem e além

good and evil, with laws and morals thrown aside and all men shouting and killing and reveling in joy. Then the liberated Old Ones would teach them new ways to shout and kill and revel and enjoy themselves, and all the earth would flame with a holocaust of ecstasy and freedom. Meanwhile the cult, by appropriate rites, must keep alive the memory of those ancient ways and shadow forth the prophecy of their return.

In the elder time chosen men had talked with the entombed Old Ones in dreams, but then something happened. The great stone city R'lyeh, with its monoliths and sepulchers, had sunk beneath the waves; and the deep waters, full of the one primal mystery through which not even thought can pass, had cut off the spectral intercourse. But memory never died, and the high-priests said that the city would rise again when the stars were right. Then came out of the earth the black spirits of earth, mouldy and shadowy, and full of dim rumours picked up in caverns beneath forgotten sea-bottoms. But of them old Castro dared not speak much. He cut himself off hurriedly, and no amount of persuasion or subtlety could elicit more in this direction. The *size* of the Old Ones, too, he curiously declined to mention. Of the cult, he said that he thought the centre lay amid the pathless desert of Arabia, where Irem, the City of Pillars, dreams hidden and untouched. It was not allied to the European witch-cult, and was virtually unknown beyond its members. No book had ever

do bem e do mal, lançando as leis e a moral de lado, com todos os homens gritando e matando e se regozijando de prazer. Então os Grandes Antigos, liberados, ensinariam a eles novos modos de gritar e matar e regozijar-se de prazer, e toda a Terra se inflamaria em um holocausto de êxtase e liberdade. Enquanto isso, o culto, pelos ritos apropriados, deveria manter viva a memória daqueles costumes antigos e adumbrar a profecia de seu retorno.

Em tempos distantes, homens escolhidos falaram por sonho com os Antigos em suas tumbas, mas algo acontecera. A grande cidade pétrea de R'lyeh, com seus monolitos e sepulcros, afundara sob as ondas; e as águas profundas, repletas de um mistério primevo através do qual sequer o pensamento pode passar, cortaram o intercâmbio espectral. Mas a memória não morre jamais, e os altos sacerdotes disseram que a cidade se ergueria novamente quando as estrelas estivessem certas. Daí saíram da terra os espíritos negros da terra, de bolor e sombra, e cheios de turvos rumores entreouvidos em cavernas sob o fundo esquecido do oceano. Deles, no entanto, o velho Castro não ousava falar muito. Interrompeu-se de repente e persuasão ou sutileza alguma pôde obter mais naquele sentido. O *tamanho* dos Antigos, também, ele curiosamente declinara mencionar. Sobre o culto, disse pensar que o centro ficava em meio aos desertos inviáveis da Arábia, onde Irem, a Cidade dos Pilares,[10] sonha escondida e intocada. Não estava ligado ao culto das bruxas da Europa, e era virtualmente desconhecido para além de seus

really hinted of it, though the deathless Chinamen said that there were double meanings in the *Necronomicon* of the mad Arab Abdul Alhazred which the initiated might read as they chose, especially the much-discussed couplet:

That is not dead which can eternal lie,
And with strange aeons even death may die.

Legrasse, deeply impressed and not a little bewildered, had inquired in vain concerning the historic affiliations of the cult. Castro, apparently, had told the truth when he said that it was wholly secret. The authorities at Tulane University could shed no light upon either cult or image, and now the detective had come to the highest authorities in the country and met with no more than the Greenland tale of Professor Webb.

The feverish interest aroused at the meeting by Legrasse's tale, corroborated as it was by the statuette, is echoed in the subsequent correspondence of those who attended; although scant mention occurs in the formal publications of the society. Caution is the first care of those accustomed to face occasional charlatanry and imposture. Legrasse for some time lent the image to Professor Webb, but at the latter's death it was returned to him and remains in his possession, where I viewed it not long ago. It is truly a terrible thing, and unmistakably akin to the dream-sculpture of young Wilcox.

membros. Livro algum jamais o mencionou, embora os chineses imortais tenham dito que havia duplos-sentidos no *Necronomicon*[11] do árabe insano Abdul Alhazred, que os iniciados podiam ler como quisessem, em especial o dístico controverso:

Morto não está se eterno pode adormecer,
E em estranhas eras mesmo a morte irá morrer.

Legrasse, muito impressionado e não pouco perplexo, perguntara em vão a respeito das conexões históricas do culto. Castro aparentemente havia dito a verdade quando alegou que era de todo secreto. As autoridades na Universidade de Tulane não conseguiam lançar alguma luz, seja sobre o culto, seja sobre a imagem, e agora o detetive chegara às maiores autoridades no país e não pôde encontrar mais do que a história do professor Webb na Groenlândia.

O interesse febril despertado na conferência por conta da narrativa de Legrasse, corroborada como fora pela estatueta, é ecoada na correspondência subsequente daqueles que compareceram ao evento, embora se encontrem notas escassas nas publicações formais da sociedade. Cautela é o primeiro cuidado dos que estão acostumados a se confrontar com ocasionais charlatanice e impostura. Legrasse emprestou por algum tempo a imagem ao professor Webb, mas à morte deste ela lhe fora devolvida e permanece em sua possessão, onde a vi não faz muito. É de fato uma coisa terrível, e de afinidade indubitável com a escultura de sonho do jovem Wilcox.

That my uncle was excited by the tale of the sculptor I did not wonder, for what thoughts must arise upon hearing, after a knowledge of what Legrasse had learned of the cult, of a sensitive young man who had *dreamed* not only the figure and exact hieroglyphics of the swamp-found image and the Greenland devil tablet, but had come *in his dreams* upon at least three of the precise words of the formula uttered alike by Esquimaux diabolists and mongrel Louisianans? Professor Angell's instant start on an investigation of the utmost thoroughness was eminently natural; though privately I suspected young Wilcox of having heard of the cult in some indirect way, and of having invented a series of dreams to heighten and continue the mystery at my uncle's expense. The dream-narratives and cuttings collected by the professor were, of course, strong corroboration; but the rationalism of my mind and the extravagance of the whole subject led me to adopt what I thought the most sensible conclusions. So, after thoroughly studying the manuscript again and correlating the theosophical and anthropological notes with the cult narrative of Legrasse, I made a trip to Providence to see the sculptor and give him the rebuke I thought proper for so boldly imposing upon a learned and aged man.

Wilcox still lived alone in the Fleur-de-Lys Building in Thomas Street, a hideous Victorian imitation of seventeenth century Breton Architecture which flaunts its stuccoed front amidst the lovely colonial houses on the

Não me surpreendeu que meu tio estivesse empolgado pela história do escultor, pois quais pensamentos não surgiriam após saber-se o que Legrasse descobrira do culto, e ouvindo de um jovem que *sonhara* não apenas a figura e os exatos hieróglifos da imagem achada no pântano e no diabólico tablete da Groenlândia, mas que tivera *em seus sonhos* ao menos três das palavras exatas da fórmula pronunciada tal e qual pelos esquimós diabolistas e aqueles vira-latas da Louisiana? O início imediato de uma investigação muito meticulosa pelo professor Angell era apenas natural, apesar de que eu suspeitava, reservadamente, que o jovem Wilcox ouvira sobre o culto de algum modo indireto, e que havia inventado uma série de sonhos para ampliar e continuar o mistério às custas do meu tio. As narrativas de sonho e os recortes compilados pelo professor eram, é claro, uma corroboração forte; mas a racionalidade da minha mente e a extravagância do assunto como um todo me levaram a adotar as conclusões mais sensatas. Portanto, após novamente estudar em detalhe o manuscrito, e correlacionar as notas teosóficas e antropológicas com a narrativa de Legrasse sobre o culto, viajei para Providence para ver o escultor e lhe dar a reprimenda que julguei apropriada por seu abuso descarado de um homem culto e idoso.

Wilcox ainda morava sozinho no edíficio Fleur-de-Lys, em Thomas Street, uma imitação vitoriana medonha da arquitetura bretã do século XVII, ostentando sua fachada de estuque em meio às casas coloniais charmosas na velha

ancient hill, and under the very shadow of the finest Georgian steeple in America, I found him at work in his rooms, and at once conceded from the specimens scattered about that his genius is indeed profound and authentic. He will, I believe, some time be heard from as one of the great decadents; for he has crystallised in clay and will one day mirror in marble those nightmares and phantasies which Arthur Machen evokes in prose, and Clark Ashton Smith makes visible in verse and in painting.

Dark, frail, and somewhat unkempt in aspect, he turned languidly at my knock and asked me my business without rising. Then I told him who I was, he displayed some interest; for my uncle had excited his curiosity in probing his strange dreams, yet had never explained the reason for the study. I did not enlarge his knowledge in this regard, but sought with some subtlety to draw him out. In a short time I became convinced of his absolute sincerity, for he spoke of the dreams in a manner none could mistake. They and their subconscious residuum had influenced his art profoundly, and he shewed me a morbid statue whose contours almost made me shake with the potency of its black suggestion. He could not recall having seen the original of this thing except in his own dream bas-relief, but the outlines had formed themselves insensibly under his hands. It was, no doubt, the giant shape he had raved of in delirium. That he really knew nothing of the hidden cult, save from what my uncle's

colina; e exatamente sob a sombra do melhor campanário georgiano da América eu o encontrei trabalhando em seus aposentos; e devo conceder que, pelos exemplos espalhados lá por toda parte, seu gênio é de fato profundo e autêntico. Em algum tempo se ouvirá falar dele, acredito, como um dos grandes decadentes; pois cristalizou em argila e um dia espelhará em mármore aqueles pesadelos e fantasias que Arthur Machen evoca em prosa, e Clark Ashton Smith[12] torna visíveis em verso e pintura.

Sombrio, frágil e algo descuidado com seu aspecto, voltou-se languidamente quando bati à sua porta e perguntou, sem se levantar, o que queria ali. Eu lhe disse quem era, e ele demonstrou algum interesse, pois meu tio havia despertado sua curiosidade ao sondar-lhe os estranhos sonhos, mas sem nunca explicar a razão para o estudo. Não ampliei seu conhecimento sobre o assunto, mas busquei pegá-lo com algum ardil. Em pouco tempo eu estava convencido de sua absoluta sinceridade, pois falava dos sonhos de modo a não deixar dúvidas. Os sonhos e seu resíduo subconsciente haviam influenciado sua arte profundamente, e me mostrou uma estátua mórbida cujos contornos quase me fizeram estremecer com a potência de sua negra sugestão. Ele não se recordava de ter visto o original dessa coisa, com a exceção de seu próprio baixo-relevo de sonho, mas seu traçado se formara insensivelmente sob suas mãos. Era, sem dúvida, a figura gigante a respeito da qual delirara. Deixou logo claro que nada sabia do culto obscuro, excetuando o que

relentless catechism had let fall, he soon made clear; and again I strove to think of some way in which he could possibly have received the weird impressions.

He talked of his dreams in a strangely poetic fashion; making me see with terrible vividness the damp Cyclopean city of slimy green stone – whose *geometry*, he oddly said, was *all wrong* – and hear with frightened expectancy the ceaseless, half-mental calling from underground: "*Cthulhu fhtagn*", "*Cthulhu fhtagn.*" These words had formed part of that dread ritual which told of dead Cthulhu's dream-vigil in his stone vault at R'lyeh, and I felt deeply moved despite my rational beliefs. Wilcox, I was sure, had heard of the cult in some casual way, and had soon forgotten it amidst the mass of his equally weird reading and imagining. Later, by virtue of its sheer impressiveness, it had found subconscious expression in dreams, in the bas-relief, and in the terrible statue I now beheld; so that his imposture upon my uncle had been a very innocent one. The youth was of a type, at once slightly affected and slightly ill-mannered, which I could never like, but I was willing enough now to admit both his genius and his honesty. I took leave of him amicably, and wish him all the success his talent promises.

The matter of the cult still remained to fascinate me, and at times I had visions of personal fame from researches into its origin and connections. I visited New

o catecismo incansável do meu tio lhe havia deixado; e novamente lutei para encontrar algum modo pelo qual tivesse recebido as bizarras impressões.

Falava de seus sonhos de uma maneira estranhamente poética, fazendo-me ver com terrível vividez a úmida cidade ciclópica de rochas verdes e viscosas — cuja *geometria*, ele notava estranhamente, estava *toda errada* — e ouvir com apavorada expectativa o incessante chamado subterrâneo, em parte mental: "*Cthulhu fhtagn*", "*Cthulhu fhtagn*". Essas palavras faziam parte daquele temido ritual que dizia da vigília de sonho do morto Cthulhu em sua cripta de pedra em R'lyeh, e me senti abalado, a despeito das minhas crenças racionais. Wilcox, agora tinha certeza, ouvira sobre o culto de maneira casual, e logo o esquecera em meio à massa de suas leituras e imaginações igualmente bizarras. Depois, em virtude daquela força impressionante, encontrara expressão subconsciente nos sonhos, no baixo-relevo e na terrível estátua que eu agora contemplava; de modo que sua impostura com meu tio fora na verdade muito inocente. O jovem era um tipo em parte um pouco afetado, em parte mal-educado, de que nunca pude gostar; mas estava agora suficientemente disposto a admitir tanto seu gênio quanto sua honestidade. Despedi-me amigável, e desejei-lhe todo o sucesso que seu talento promete.

A questão do culto ainda continuou a me fascinar, e por vezes eu tinha visões de fama pessoal advinda de pesquisas sobre sua origem e conexões. Visitei New Orleans,

Orleans, talked with Legrasse and others of that old-time raiding-party, saw the frightful image, and even questioned such of the mongrel prisoners as still survived. Old Castro, unfortunately, had been dead for some years. What I now heard so graphically at first-hand, though it was really no more than a detailed confirmation of what my uncle had written, excited me afresh; for I felt sure that I was on the track of a very real, very secret, and very ancient religion whose discovery would make me an anthropologist of note. My attitude was still one of absolute materialism, *as I wish it still were*, and I discounted with almost inexplicable perversity the coincidence of the dream notes and odd cuttings collected by Professor Angell.

One thing I began to suspect, and which I now fear I know, is that my uncle's death was far from natural. He fell on a narrow hill street leading up from an ancient waterfront swarming with foreign mongrels, after a careless push from a Negro sailor. I did not forget the mixed blood and marine pursuits of the cult-members in Louisiana, and would not be surprised to learn of secret methods and rites and beliefs. Legrasse and his men, it is true, have been let alone; but in Norway a certain seaman who saw things is dead. Might not the deeper inquiries of my uncle after encountering the sculptor's data have come to sinister ears? I think Professor Angell died because

falei com Legrasse e outros daquele grupo antigo de busca no pântano, vi a imagem apavorante e até mesmo alguns daqueles prisioneiros pardos que haviam sobrevivido. O velho Castro, infelizmente, morrera há alguns anos. O que ouvi então, de modo tão gráfico e em primeira-mão, embora não fosse mais do que uma confirmação detalhada do que meu tio havia escrito, instigou-me de novo; pois tinha certeza de estar no encalço de uma religião muito real, muito secreta e muito antiga, cuja descoberta faria de mim um antropólogo de destaque. Minha atitude ainda era de absoluto materialismo, *como gostaria que ainda fosse*, e descartava com uma perversidade quase inexplicável a coincidência das anotações de sonho e os recortes peculiares coletados pelo professor Angell.

Uma coisa de que comecei a suspeitar, e que temo agora saber: que a morte de meu tio tenha sido tudo menos natural. Ele tombou em uma rua estreita na colina, que subia de uma antiga zona portuária infestada de uns pardos estrangeiros, e depois de um empurrão descuidado de um marinheiro negro. Não esqueci do sangue mestiço e das buscas marinhas dos membros do culto na Louisiana, e não me surpreenderia se desvendasse métodos secretos e agulhas envenenadas tão implacáveis e de ciência tão antiga quanto as crenças e os ritos crípticos. Legrasse e seus homens, é verdade, foram deixados em paz; mas na Noruega certo marujo que viu coisas está morto. Não teriam as perquirições de meu tio, após encontrar os dados do escultor, chegado a ouvidos sinistros? Creio que o

he knew too much, or because he was likely to learn too much. Whether I shall go as he did remains to be seen, for I have learned much now.

professor Angell morreu porque sabia demais, ou porque estava prestes a sabê-lo. Se o mesmo acontecerá comigo ainda está por se ver, porque agora também soube muito.

The Madness from the Sea

If heaven ever wishes to grant me a boon, it will be a total effacing of the results of a mere chance which fixed my eye on a certain stray piece of shelf-paper. It was nothing on which I would naturally have stumbled in the course of my daily round, for it was an old number of an Australian journal, the *Sydney Bulletin* for April 18, 1925. It had escaped even the cutting bureau which had at the time of its issuance been avidly collecting material for my uncle's research.

I had largely given over my inquiries into what Professor Angell called the "Cthulhu Cult", and was visiting a learned friend in Paterson, New Jersey; the curator of a local museum and a mineralogist of note. Examining one day the reserve specimens roughly set on the storage shelves in a rear room of the museum, my eye was caught by an odd picture in one of the old papers spread beneath the stones. It was the *Sydney Bulletin* I have mentioned, for my friend had wide affiliations in all conceivable foreign parts; and the picture was a half-tone cut of a hideous stone image almost identical with that which Legrasse had found in the swamp.

A loucura vinda do mar

Se o céu um dia quiser conceder-me uma dádiva, será o apagamento total dos resultados de um mero acaso que fixou meu olho em certo jornal velho de forrar estante. Não era algo em que eu normalmente esbarraria durante um dia ordinário, pois se tratava de antigo exemplar de jornal australiano, o *Sydney Bulletin*, de 18 de abril de 1925. Escapara até mesmo ao escritório de recortes que, no momento daquela tiragem, andava coletando material avidamente para a pesquisa do meu tio.

Eu havia em grande parte desistido das minhas investigações sobre aquilo que o professor Angell chamava o "Culto de Cthulhu", e estava visitando um amigo muito culto, curador de um museu local e mineralogista destacado em Paterson, New Jersey. Um dia, ao examinar os espécimes da reserva dispostos preliminarmente nas estantes de estoque na sala dos fundos do museu, meu olho captou uma curiosa figura em um dos jornais velhos estendidos sob as pedras. Era o *Sydney Bulletin* que mencionei, porque meu amigo tem contatos em todos os pontos imagináveis no exterior; e a reprodução era um recorte de meio-tom de uma horrenda imagem de pedra, quase idêntica à que Legrasse encontrara no pântano.

Eagerly clearing the sheet of its precious contents, I scanned the item in detail; and was disappointed to find it of only moderate length. What it suggested, however, was of portentous significance to my flagging quest; and I carefully tore it out for immediate action. It read as follows:

MYSTERY DERELICT FOUND AT SEA

Vigilant Arrives With Helpless Armed New Zealand Yacht in Tow.

One Survivor and Dead Man Found Aboard.

Tale of Desperate Battle and Deaths at Sea.

Rescued Seaman Refuses Particulars of Strange Experience.

Odd Idol Found in His Possession.

Inquiry to Follow.

The Morrison Co.'s freighter *Vigilant*, bound from Valparaiso, arrived this morning at its wharf in Darling Harbour, having in tow the battled and disabled but heavily armed steam yacht *Alert* of Dunedin, N.Z., which was sighted April 12th in S. Latitude 34°21', W. Longitude 152°17', with one living and one dead man aboard.

The *Vigilant* left Valparaiso March 25th, and on April 2nd was driven considerably south of her course by exceptionally heavy storms and monster waves. On April 12th the derelict was sighted; and though apparently deserted, was found upon boarding to contain one survivor in a half-delirious condition and one man who had evidently

Ansiosamente desobstruindo a folha de seus preciosos itens, analisei-a em detalhe e fiquei desapontado em constatar que se estendia pouco. O que sugeria, entretanto, era de significado portentoso para minha empreitada pendente; e cuidadosamente rasguei o pedaço para ação imediata. Lia-se o seguinte:

MISTERIOSO NAVIO À DERIVA É ENCONTRADO NO MAR

Vigilant Chega Rebocando Barco Neozelandês Armado e Deserto.

Um Sobrevivente e um Morto Encontrados a Bordo.

Relato de Batalha Desesperada e de Mortes no Mar.

Marujo Resgatado Recusa

Detalhar Estranha Experiência.

Ídolo Incomum Encontrado em Sua Posse.

Será Instaurado Inquérito.

Vigilant, o cargueiro da Morrison Co., com destino a Valparaíso, aportou nesta manhã no cais de Darling Harbour, rebocando o barco a vapor, desabilitado, mas que viu batalha e continha muitas armas, de nome *Alert*, de Dunedin, N.Z., avistado em 12 de abril na latitude sul 34° 21', longitude oeste 152° 17', com um homem vivo e um morto a bordo.

O *Vigilant* deixou Valparaíso em 25 de março, e em 2 de abril foi impulsionado muito ao sul da rota designada por tempestades excepcionalmente duras e ondas monstruosas. Em 12 de abril o navio perdido foi avistado e, embora aparentemente deserto, notou-se, abordado, que continha um sobrevivente em estado de semi-delírio e

been dead for more than a week. The living man was clutching a horrible stone idol of unknown origin, about foot in height, regarding whose nature authorities at Sydney University, the Royal Society, and the Museum in College Street all profess complete bafflement, and which the survivor says he found in the cabin of the yacht, in a small carved shrine of common pattern.

This man, after recovering his senses, told an exceedingly strange story of piracy and slaughter. He is Gustaf Johansen, a Norwegian of some intelligence, and had been second mate of the two-masted schooner *Emma* of Auckland, which sailed for Callao February 20th with a complement of eleven men. The *Emma*, he says, was delayed and thrown widely south of her course by the great storm of March 1st, and on March 22nd, in S. Latitude 49°51' W. Longitude 128°34', encountered the *Alert*, manned by a queer and evil-looking crew of Kanakas and half-castes. Being ordered peremptorily to turn back, Capt. Collins refused; whereupon the strange crew began to fire savagely and without warning upon the schooner with a peculiarly heavy battery of brass cannon forming part of the yacht's equipment. The *Emma*'s men showed fight, says the survivor, and though the schooner began to sink from shots beneath the water-line they managed to heave alongside their enemy and board her, grappling with the

um outro evidentemente morto há mais de uma semana. Aquele que estava vivo agarrava-se a um horrível ídolo de pedra, de origem desconhecida, com uns trinta centímetros de altura, sobre cuja natureza todas as autoridades da Universidade de Sydney, da Royal Society e do Museu em College Street professam completa perplexidade, e que o sobrevivente diz ter encontrado na cabine do barco, num pequenino altar entalhado de padrão comum.

Esse homem, após recobrar os sentidos, contou uma história extremamente estranha de pirataria e carnificina. Chama-se Gustaf Johansen, norueguês de alguma inteligência, e era o segundo imediato da escuna de dois mastros *Emma*, de Auckland, que navegou para Callao em 20 de fevereiro com uma equipagem de onze homens. O *Emma*, ele diz, sofreu atraso e foi lançado bem ao sul de sua rota graças à grande tempestade de 1º de março, e a 22 de março, na latitude sul 49° 51', longitude oeste 128° 34', encontrou o *Alert* operado por uma tripulação esquisita e mal-encarada de canacas e de miscigenados. Recebendo ordem direta de voltar, o capitão Collins recusou, e assim a estranha tripulação começou a disparar selvagemente e sem aviso na direção da escuna, com uma bateria de canhões de bronze especialmente pesada, que fazia parte do equipamento do vapor. Os homens do *Emma* deram combate, diz o sobrevivente, e, apesar de a escuna começar a afundar com os disparos abaixo da linha de flutuação, eles conseguiram arremessá-la ao lado de seu inimigo e abordá-lo, atracando-se com a tripulação selvagem no

savage crew on the yacht's deck, and being forced to kill them all, the number being slightly superior, because of their particularly abhorrent and desperate though rather clumsy mode of fighting.

Three of the *Emma*'s men, including Capt. Collins and First Mate Green, were killed; and the remaining eight under Second Mate Johansen proceeded to navigate the captured yacht, going ahead in their original direction to see if any reason for their ordering back had existed. The next day, it appears, they raised and landed on a small island, although none is known to exist in that part of the ocean; and six of the men somehow died ashore, though Johansen is queerly reticent about this part of his story, and speaks only of their falling into a rock chasm. Later, it seems, he and one companion boarded the yacht and tried to manage her, but were beaten about by the storm of April 2nd, From that time till his rescue on the 12th the man remembers little, and he does not even recall when William Briden, his companion, died. Briden's death reveals no apparent cause, and was probably due to excitement or exposure. Cable advices from Dunedin report that the *Alert* was well known there as an island trader, and bore an evil reputation along the waterfront. It was owned by a curious group of half-castes whose frequent meetings and night trips to the woods attracted no little

convés do vapor, sendo forçados a matá-los todos, seu número sendo ligeiramente superior, por causa do modo aberrante e desesperado, ainda que confuso, com que lutavam.

Três dos homens do *Emma*, incluindo o capitão Collins e o primeiro imediato Green, foram mortos; e os oito remanescentes, sob as ordens do segundo imediato Johansen, procederam a navegação do barco capturado, prosseguindo na direção original para ver se existia algum motivo para a ordem de voltar. No outro dia, ao que parece, levantaram e desembarcaram em uma ilha pequena, embora não se soubesse existir ilha alguma naquela parte do oceano; e seis dos homens morreram de alguma forma em terra firme, ainda que Johansen seja estranhamente reticente sobre essa parte de sua história, e se concentre apenas na queda deles em um precipício rochoso. Mais tarde, aparentemente, ele e um companheiro embarcaram no vapor e tentaram manejá-lo, mas foram fustigados pela tempestade de 2 de abril. Daí até o momento do resgate no dia 12 o homem lembra pouco, e sequer rememora quando William Briden, seu companheiro, morreu. A morte de Briden não tem causa aparente, e teria ocorrido por estresse ou exposição aos elementos. Informações por telegrama, vindas de Dunedin, registram que o *Alert* era bem conhecido lá como comerciante ilhéu, e tinha má reputação na zona portuária. Era de propriedade de um grupo peculiar de miscigenados, cujos encontros frequentes e excursões noturnas aos bosques atraíram não

curiosity; and it had set sail in great haste just after the storm and earth tremors of March 1st. Our Auckland correspondent gives the *Emma* and her crew an excellent reputation, and Johansen is described as a sober and worthy man. The admiralty will institute an inquiry on the whole matter beginning tomorrow, at which every effort will be made to induce Johansen to speak more freely than he has done hitherto.

This was all, together with the picture of the hellish image; but what a train of ideas it started in my mind! Here were new treasuries of data on the Cthulhu Cult, and evidence that it had strange interests at sea as well as on land. What motive prompted the hybrid crew to order back the *Emma* as they sailed about with their hideous idol? What was the unknown island on which six of the *Emma*'s crew had died, and about which the mate Johansen was so secretive? What had the vice-admiralty's investigation brought out, and what was known of the noxious cult in Dunedin? And most marvelous of all, what deep and more than natural linkage of dates was this which gave a malign and now undeniable significance to the various turns of events so carefully noted by my uncle?

March 1st — or February 28th according to the International Date Line — the earthquake and storm had come. From Dunedin the *Alert* and her noisome crew had darted eagerly forth as if imperiously summoned, and on the

pouca curiosidade; e havia zarpado com muita afobação logo depois da tempestade e dos tremores de terra de 1º de março. Nosso correspondente em Auckland atesta a excelente reputação do *Emma* e de sua tripulação, e Johansen é descrito como homem sóbrio e de valor. O almirantado vai instaurar um inquérito com relação a todo o ocorrido, a começar de amanhã, e no qual fará todo o esforço de induzir Johansen a falar com mais liberdade do que o fez até o momento.

Isso foi tudo, além da figura com a imagem infernal; mas que sucessão de ideias precipitou em minha mente! Ali havia novos e inteiros compêndios de dados sobre o Culto de Cthulhu, e evidência de que possuía estranhos interesses tanto no mar como na terra. Qual motivo teria levado a tripulação híbrida a ordenar a volta do *Emma* quando navegavam por aí com seu ídolo horrendo? Qual seria a ilha desconhecida em que seis dos tripulantes do *Emma* morreram, e sobre a qual Johansen era tão sigiloso? O que a investigação do vice-almirantado desvendou, e o que se sabia do nocivo culto em Dunedin? E o mais maravilhoso de tudo, que ligação profunda e além do natural era essa entre as datas, que conferia significância maligna e agora inegável ao variado desenrolar de acontecimentos, tão cuidadosamente anotado por meu tio?

Em 1º de março — para nós 28 de fevereiro, de acordo com a Linha Internacional de Datas — o terremoto e a tempestade vieram. Vindo de Dunedin, o *Alert* e sua perniciosa equipagem corriam ansiosamente, como se con-

other side of the earth poets and artists had begun to dream of a strange, dank Cyclopean city whilst a young sculptor had moulded in his sleep the form of the dreaded Cthulhu. March 23rd the crew of the *Emma* landed on an unknown island and left six men dead; and on that date the dreams of sensitive men assumed a heightened vividness and darkened with dread of a giant monster's malign pursuit, whilst an architect had gone mad and a sculptor had lapsed suddenly into delirium! And what of this storm of April 2nd — the date on which all dreams of the dank city ceased, and Wilcox emerged unharmed from the bondage of strange fever? What of all this — and of those hints of old Castro about the sunken, star-born Old Ones and their coming reign; their faithful cult and *their mastery of dreams*? Was I tottering on the brink of cosmic horrors beyond man's power to bear? If so, they must be horrors of the mind alone, for in some way the second of April had put a stop to whatever monstrous menace had begun its siege of mankind's soul.

That evening, after a day of hurried cabling and arranging, I bade my host adieu and took a train for San Francisco. In less than a month I was in Dunedin; where, however, I found that little was known of the strange cult-members who had lingered in the old sea-taverns. Waterfront scum was far too common for special men-

vocados de maneira irresistível, e do outro lado da Terra poetas e artistas haviam começado a sonhar com uma estranha, úmida cidade ciclópica, enquanto um jovem escultor moldava durante o sono a forma do temido Cthulhu. Em 23 de março a tripulação do *Emma* desembarcou numa ilha desconhecida e a deixou com seis homens mortos; naquela data os sonhos de homens sensitivos ganharam amplificada vividez e se turvaram com o terror da busca maligna de um monstro gigante, enquanto um arquiteto enlouquecia e um escultor repentinamente mergulhava em delírio! E quanto a essa tempestade do dia 2 de abril — data na qual todos os sonhos da cidade úmida cessaram, e Wilcox emergiu ileso do cativeiro de estranha febre? E quanto a tudo isso — e àquelas pistas que deixou o velho Castro sobre os Grandes Antigos, nascidos das estrelas e submersos, e o seu reino porvir, seu culto fiel e *seu domínio sobre os sonhos*? Estaria eu cambaleando à beira de horrores cósmicos além da capacidade humana de suportar? Se sim, devem ser horrores apenas da mente, pois de algum modo o dois de abril pusera um fim a quaisquer ameaças monstruosas que houvessem iniciado seu cerco à alma humana.

Naquela noite, após um dia de arranjos e telegramas apressados, despedi-me de meu anfitrião e tomei um trem para São Francisco. Em menos de um mês estava em Dunedin, onde, entretanto, descobri que pouco se sabia dos estranhos membros de culto que haviam frequentado as velhas tavernas da costa. A escória da região dos portos

tion; though there was vague talk about one inland trip these mongrels had made, during which faint drumming and red flame were noted on the distant hills. In Auckland I learned that Johansen had returned *with yellow hair turned white* after a perfunctory and inconclusive questioning at Sydney, and had thereafter sold his cottage in West Street and sailed with his wife to his old home in Oslo. Of his stirring experience he would tell his friends no more than he had told the admiralty officials, and all they could do was to give me his Oslo address.

After that I went to Sydney and talked profitlessly with seamen and members of the vice-admiralty court. I saw the *Alert,* now sold and in commercial use, at Circular Quay in Sydney Cove, but gained nothing from its non-committal bulk. The crouching image with its cuttlefish head, dragon body, scaly wings, and hieroglyphed pedestal, was preserved in the Museum at Hyde Park; and I studied it long and well, finding it a thing of balefully exquisite workmanship, and with the same utter mystery, terrible antiquity, and unearthly strangeness of material which I had noted in Legrasse's smaller specimen. Geologists, the curator told me, had found it a monstrous puzzle; for they vowed that the world held no rock like it. Then I thought with a shudder of what Old Castro had

era ordinária demais para merecer menção especial, embora houvesse uma vaga conversa sobre certa incursão em terra que um daqueles mestiços fizera, na qual uma tênue batucada e uma flama vermelha tinham sido notadas em colinas distantes. Em Auckland soube que Johansen retornara *com o cabelo loiro todo embranquecido* após um perfunctório e inconclusivo interrogatório em Sydney, e havia em seguida vendido seu chalé em West Street e viajado com a esposa para seu antigo lar em Oslo. De sua alarmante experiência ele não diria a seus amigos mais do que contou aos oficiais do almirantado, e tudo o que puderam fazer foi me passar seu endereço em Oslo.

Depois disso fui a Sydney e falei inutilmente com marujos e membros da corte do vice-almirantado. Vi o *Alert*, agora vendido e posto a uso comercial no Cais Circular, em Sydney Cove, mas nada ganhei com sua estrutura indiferente. A imagem acocorada com cabeça de choco, corpo de dragão, asas escamosas e pedestal coberto de hieróglifos foi conservada no Museu do Hyde Park; e a estudei bem e longamente, considerando-a coisa de incomum e nefasta habilidade, e do mesmo mistério absoluto, a mesma antiguidade terrível e sobrenatural estranheza de material que notara no espécime menor de Legrasse. Geólogos, disse-me o curador, haviam-na considerado um enigma abominável; porque garantiam que o mundo não possuía uma pedra como aquela. Então lembrei, num calafrio, daquilo que o velho Castro dissera

told Legrasse about the Old Ones; "They had come from the stars, and had brought Their images with Them."

Shaken with such a mental resolution as I had never before known, I now resolved to visit Mate Johansen in Oslo. Sailing for London, I reembarked at once for the Norwegian capital; and one autumn day landed at the trim wharves in the shadow of the Egeberg. Johansen's address, I discovered, lay in the Old Town of King Harold Haardrada, which kept alive the name of Oslo during all the centuries that the greater city masqueraded as "Christiana." I made the brief trip by taxicab, and knocked with palpitant heart at the door of a neat and ancient building with plastered front. A sad-faced woman in black answered my summons, and I was stung with disappointment when she told me in halting English that Gustaf Johansen was no more.

He had not long survived his return, said his wife, for the doings at sea in 1925 had broken him. He had told her no more than he told the public, but had left a long manuscript – of "technical matters" as he said – written in English, evidently in order to guard her from the peril of casual perusal. During a walk through a narrow lane near the Gothenburg dock, a bundle of papers falling from an attic window had knocked him down. Two Lascar sailors at once helped him to his feet, but before the ambulance could reach him he was dead. Physicians

a Legrasse sobre os Grandes Antigos primevos: "Eles vieram das estrelas, e trouxeram Suas imagens Consigo".

Abalado por uma revolução mental que jamais experimentara, estava resolvido a visitar o imediato Johansen em Oslo. Navegando a partir de Londres, reembarquei de uma vez para a capital norueguesa; e em um dia de outono saltei nos cais impecáveis à sombra do Egeberg.[13] O endereço de Johansen, vim a descobrir, ficava na velha cidade do rei Harold Haardrada, que manteve vivo o nome de Oslo durante os séculos em que a cidade expandida se mascarava como "Christiana".[14] Fiz o breve trajeto de táxi, e com o coração aos saltos bati à porta de um edifício elegante e antigo, com fachada de estuque. Uma mulher atendeu, de rosto triste e vestida de preto, e me vi doído de decepção quando me disse em inglês hesitante que Gustaf Johansen já não existia.

Não sobrevivera ao seu retorno, sua esposa me disse, pois os acontecimentos no mar em 1925 o haviam destruído. Ele não lhe contou mais do que havia dito ao público, mas deixara um longo manuscrito — sobre "assuntos técnicos", em suas palavras — redigido em inglês evidentemente para protegê-la do perigo de uma leitura casual. Durante uma caminhada por certa travessa estreita junto das docas de Gothenburg, um embrulho de papéis caindo da janela de um sótão o havia derrubado. Dois marinheiros lascares[15] imediatamente o ajudaram a se levantar, mas morreu antes que a ambulância chegasse. Os médicos não puderam encontrar uma causa adequada

found no adequate cause the end, and laid it to heart trouble and a weakened constitution.

I now felt gnawing at my vitals that dark terror which will never leave me till I, too, am at rest; "accidentally" or otherwise. Persuading the widow that my connection with her husband's "technical matters" was sufficient to entitle me to his manuscript, I bore the document away and began to read it on the London boat. It was a simple, rambling thing — a naive sailor's effort at a *post-facto* diary — and strove to recall day by day that last awful voyage. I cannot attempt to transcribe it *verbatim* in all its cloudiness and redundance, but I will tell its gist enough to show why the sound the water against the vessel's sides became so unendurable to me that I stopped my ears with cotton.

Johansen, thank God, did not know quite all, even though he saw the city and the Thing, but I shall never sleep calmly again when I think of the horrors that lurk ceaselessly behind life in time and in space, and of those unhallowed blasphemies from elder stars which dream beneath the sea, known and favoured by a nightmare cult ready and eager to loose them upon the world whenever another earthquake shall heave their monstrous stone city again to the sun and air.

Johansen's voyage had begun just as he told it to the vice-admiralty. The *Emma*, in ballast, had cleared Auckland on February 20th, and had felt the full force of that

para o óbito, e atribuíram-no a problema cardíaco e a uma constituição debilitada.

Senti então revolver nas minhas entranhas aquele terror escuro que não vai me deixar até que também chegue a minha hora; "acidentalmente", ou de outro modo. Persuadindo a viúva de que minha conexão com os "assuntos técnicos" era autorização suficiente para ter o manuscrito, levei comigo o documento e comecei a lê-lo no barco para Londres. Era uma coisa simplória, incoerente — a tentativa de diário *a posteriori* por um marinheiro ingênuo — e lutava por relembrar dia-a-dia aquela última viagem nefanda. Sequer posso tentar transcrevê-lo *ipsis litteris* em toda sua nebulosidade e redundância, mas farei um resumo suficiente para mostrar por que o som da água contra as laterais do navio se tornou tão insuportável para mim que tive de tapar os ouvidos com algodão.

Johansen, graças a Deus, não entendeu muito, apesar de ter visto a cidade e a Coisa, mas eu jamais dormirei tranquilo novamente enquanto pensar sobre os horrores que espreitam sem cessar por trás da vida, em tempo e espaço, e naquelas profanas blasfêmias vindas de estrelas antigas e que sonham sob o mar, conhecidas e protegidas por um culto de pesadelo, ansioso e pronto para soltá-las no mundo assim que um outro terremoto lance sua monstruosa cidade de pedra de volta ao sol e ao ar.

A viagem de Johansen começara assim como havia dito ao vice-almirantado. O *Emma*, com lastro, zarpou de Auckland no dia 20 de fevereiro, e sofreu o impacto total

earthquake-born tempest which must have heaved up from the sea-bottom the horrors that filled men's dreams. Once more under control, the ship was making good progress when held up by the *Alert* on March 22nd, and I could feel the mate's regret as he wrote of her bombardment and sinking. Of the swarthy cult-fiends on the *Alert* he speaks with significant horror. There was some peculiarly abominable quality about them which made their destruction seem almost a duty, and Johansen shows ingenuous wonder at the charge of ruthlessness brought against his party during the proceedings of the court of inquiry. Then, driven ahead by curiosity in their captured yacht under Johansen's command, the men sight a great stone pillar sticking out of the sea, and in S. Latitude 47°9', W. Longitude 123°43', come upon a coastline of mingled mud, ooze, and weedy Cyclopean masonry which can be nothing less than the tangible substance of earth's supreme terror — the nightmare corpse-city of R'lyeh, that was built in measureless aeons behind history by the vast, loathsome shapes that seeped down from the dark stars. There lay great Cthulhu and his hordes, hidden in green slimy vaults and sending out at last, after cycles incalculable, the thoughts that spread fear to the dreams of the sensitive and called imperiously to the faithful to come on a pilgrimage of liberation and restoration. All this Johansen did not suspect, but God knows he soon saw enough!

da tempestade gerada pelo terremoto que deve ter lançado ao alto, do fundo do mar, os horrores que povoavam os sonhos dos homens. Retomado o controle, o barco seguia bem quando parou por causa do *Alert*, a 22 de maio, e pude sentir o desgosto do imediato ao escrever sobre o bombardeio e o naufrágio; daqueles amorenados pervertidos do culto, no *Alert,* fala com horror significativo. Havia uma qualidade conspicuamente abominável neles, que fez sua destruição soar quase como um dever, e Johansen mostra ingênua surpresa diante da acusação de desumanidade levantada contra o seu grupo nos procedimentos do tribunal de inquérito. Então, levados pela curiosidade a respeito do vapor capturado, sob o comando de Johansen, os homens avistam um grande pilar de pedra avultando das águas, e na latitude sul, 47° 9′, longitude oeste, 126° 43′, surge uma linha costeira feita de lama misturada a lodo e de construções ciclópicas cobertas por alga, o que não podia ser senão a substância tangível do supremo horror terrestre — o pesadelo da cidade-cadáver de R'lyeh, edificada em eras imensuráveis além da História pelas formas repugnantes e vastas que escorreram das estrelas negras. Lá repousam o grande Cthulhu e suas hordas, escondidos nas criptas verdes, viscosas, enviando por fim, após ciclos incalculáveis, os pensamentos que espalharam medo nos sonhos dos sensitivos, e chamaram imperativamente os fiéis a vir em peregrinação para liberar e restaurar. Johansen nada suspeitava disso, mas Deus sabe que logo veria o bastante!

I suppose that only a single mountain-top, the hideous monolith-crowned citadel whereon great Cthulhu was buried, actually emerged from the waters. When I think of the *extent* of all that may be brooding down there I almost wish to kill myself forthwith. Johansen and his men were awed by the cosmic majesty of this dripping Babylon of elder daemons, and must have guessed without guidance that it was nothing of this or of any sane planet. Awe at the unbelievable size of the greenish stone blocks, at the dizzying height of the great carven monolith, and at the stupefying identity of the colossal statues and bas-reliefs with the queer image found in the shrine on the *Alert*, is poignantly visible in every line of the mates frightened description.

Without knowing what futurism is like, Johansen achieved something very close to it when he spoke of the city; for instead of describing any definite structure or building, he dwells only on broad impressions of vast angles and stone surfaces – surfaces too great to belong to anything right or proper for this earth, and impious with horrible images and hieroglyphs. I mention his talk about *angles* because it suggests something Wilcox had told me of his awful dreams. He said that the *geometry* of the dream-place he saw was abnormal, non-Euclidean, and loathsomely redolent of spheres and dimensions apart

Suponho que apenas o topo de uma montanha, a horrenda cidadela coroada de um monolito, onde o grande Cthulhu estava sepultado, tenha de fato emergido das águas. Quando penso na *extensão* do que possa estar sendo incubado naquelas profundezas, quase tenho o desejo de me matar na mesma hora. Johansen e seus homens se viram pasmados pela majestade cósmica dessa Babilônia gotejante de demônios antigos, e devem ter adivinhado sem auxílio algum que aquilo não poderia ser deste nem de qualquer outro planeta saudável. O pasmo frente ao tamanho inacreditável dos blocos rochosos esverdeados, frente à altura vertiginosa do grande monolito esculpido, frente à alarmante identidade entre as estátuas colossais, os baixos-relevos e a esquisita imagem achada no altar do *Alert*, é fortemente visível em cada linha da descrição apavorada do imediato.

Sem saber como é o futurismo, Johansen alcançou algo muito semelhante quando falou da cidade; pois ao invés de descrever uma construção ou uma estrutura definida qualquer, ele se dedica apenas a impressões gerais de ângulos vastos e superfícies de pedra — superfícies grandes demais para pertencer a qualquer coisa correta ou própria deste mundo, e ímpias em suas imagens horríveis e hieróglifos. Menciono o que diz de *ângulos* porque sugere algo que Wilcox me contara de seus sonhos pavorosos. Ele me dissera que a *geometria* do lugar-de-sonho que via era anormal, não-euclidiana, e odiosamente recendente a esferas e dimensões separadas da nossa. E agora um ma-

from ours. Now an unlettered seaman felt the same thing whilst gazing at the terrible reality.

Johansen and his men landed at a sloping mud-bank on this monstrous Acropolis, and clambered slipperily up over titan oozy blocks which could have been no mortal staircase. The very sun of heaven seemed distorted when viewed through the polarising miasma welling out from this sea-soaked perversion, and twisted menace and suspense lurked leeringly in those crazily elusive angles of carven rock where a second glance showed concavity after the first showed convexity.

Something very like fright had come over all the explorers before anything more definite than rock and ooze and weed was seen. Each would have fled had he not feared the scorn of the others, and it was only half-heartedly that they searched – vainly, as it proved – for some portable souvenir to bear away.

It was Rodriguez the Portuguese who climbed up the foot of the monolith and shouted of what he had found. The rest followed him, and looked curiously at the immense carved door with the now familiar squid-dragon bas-relief. It was, Johansen said, like a great barn-door; and they all felt that it was a door because of the ornate lintel, threshold, and jambs around it, though they could not decide whether it lay flat like a trap-door or slantwise like an outside cellar-door. As Wilcox would have said, the geometry of the place was all wrong. One could

rujo de poucas letras sentia a mesma coisa ao contemplar a terrível realidade.

Johansen e seus homens desembarcaram em um barranco lamacento e enviesado naquela monstruosa Acrópole, e escalaram às deslizadas os titânicos blocos viscosos que não poderiam jamais ser uma escada para mortais. Até mesmo o sol no firmamento parecia distorcido quando visto através dos miasmas polarizantes exalando-se daquela perversão encharcada de mar, e um suspense e uma ameaça turvos espreitavam maliciosamente naqueles ângulos de elusiva insanidade de pedra talhada, onde um outro relance mostrava côncavo o que fora antes convexo.

Algo muito semelhante ao pavor tomou todos os exploradores antes que se visse qualquer coisa de mais definido do que rocha e lodo e algas. Todos teriam fugido se não temessem o desprezo dos companheiros, e davam buscas sem empenho — e em vão, como se provou — atrás de algum souvenir que pudessem carregar consigo.

Foi Rodriguez,[16] o português, quem escalou o pé do monolito e gritou anunciando o que descobrira. Os restantes o seguiram, e olhavam com curiosidade para a imensa porta entalhada com o baixo-relevo agora já familiar do molusco-dragão. Era, disse Johansen, como uma enorme porta de celeiro; e todos sentiram que fosse porta por causa do lintel ornado, do umbral e dos batentes à volta, embora não pudessem decidir se jazia reta como a de um alçapão, ou oblíqua como porta externa de porão. Como Wilcox teria dito, a geometria do lugar era toda

not be sure that the sea and the ground were horizontal, hence the relative position of everything else seemed phantasmally variable.

Briden pushed at the stone in several places without result. Then Donovan felt over it delicately around the edge, pressing each point separately as he went. He climbed interminably along the grotesque stone moulding – that is, one would call it *climbing* if the thing was not after all horizontal – and the men wondered how any door in the universe could be so vast. Then, very softly and slowly, the acre-great lintel began to give inward at the top; and they saw that it was balanced.

Donovan slid or somehow propelled himself down or along the jamb and rejoined his fellows, and everyone watched the queer recession of the monstrously carven portal. In this phantasy of prismatic distortion it moved anomalously in a diagonal way, so that all the rules of matter and perspective seemed upset.

The aperture was black with a darkness almost material. That tenebrousness was indeed a *positive quality*; for it obscured such parts of the inner walls as ought to have been revealed, and actually burst forth like smoke from its aeon-long imprisonment, visibly darkening the sun as it slunk away into the shrunken and gibbous sky on flapping membraneous wings. The odour rising from the newly opened depths was intolerable, and at length the quick-eared Hawkins thought he heard a nasty, slopping

equívoca. Não se podia ter certeza se o mar e o chão eram horizontais, daí a posição relativa de todo o resto parecer espectralmente variável.

Briden empurrou a pedra em diversos locais, sem resultado. E então Donovan apalpou cuidadoso em torno da beirada, apertando, assim, cada ponto em separado. Escalou interminavelmente ao longo do portal — isto é, pode-se dizer *escalar* se a coisa afinal de contas não era horizontal —, e os homens sideravam sobre como diabos uma porta podia ser tão vasta. Então, aos poucos e suavemente, o painel de um acre começou a ceder para dentro no topo, e eles notaram que era balanceado.

Donovan deslizou, ou de algum modo impeliu-se ao longo do batente, ou para baixo, juntando-se a seus companheiros, e todos observaram o estranho recuo do monstruoso portal entalhado. Nessa fantasia de distorção prismática a coisa se movia de um modo anômalo, diagonal, fazendo com que as regras da matéria e da perspectiva parecessem todas abaladas.

A abertura era negra, de uma escuridão quase material. A tenebrosidade tinha realmente uma *qualidade positiva*, pois obscurecia certas partes dos muros internos que se teriam revelado, e que se expeliam como fumaça de seu aprisionamento de eras, visivelmente obscurecendo o sol, recolhendo-se furtivo no céu encolhido e minguante diante do bater de asas membranosas. O odor exalado das funduras agora reabertas era intolerável, e em pouco Hawkins, de ouvidos alerta, pensou ouvir um som repul-

sound down there. Everyone listened, and everyone was listening still when It lumbered slobberingly into sight and gropingly squeezed Its gelatinous green immensity through the black doorway into the tainted outside air of that poison city of madness.

Poor Johansen's handwriting almost gave out when he wrote of this. Of the six men who never reached the ship, he thinks two perished of pure fright in that accursed instant. The Thing cannot be described — there is no language for such abysms of shrieking and immemorial lunacy, such eldritch contradictions of all matter, force, and cosmic order. A mountain walked or stumbled. God! What wonder that across the earth a great architect went mad, and poor Wilcox raved with fever in that telepathic instant? The Thing of the idols, the green, sticky spawn of the stars, had awaked to claim his own. The stars were right again, and what an age-old cult had failed to do by design, a band of innocent sailors had done by accident. After vigintillions of years great Cthulhu was loose again, and ravening for delight.

Three men were swept up by the flabby claws before anybody turned. God rest them, if there be any rest in the universe. They were Donovan, Guerrera, and Angstrom. Parker slipped as the other three were plunging frenziedly over endless vistas of green-crusted rock to the boat, and

sivo, espirrado lá do fundo. Todos ouviram, e todos ainda ouviam quando, diante dos olhos, a Coisa alastrou-se salivando e, no tatear, espremeu Sua verde imensidade gelatinosa através do umbral negro, em direção ao ar maculado daquela cidade venenosa de loucura.

A caligrafia do pobre Johansen quase se desfez quando escreveu isso; dos seis homens que nunca alcançaram o navio julga que dois pereceram do puro susto daquele instante amaldiçoado. A Coisa não pode ser descrita — não há língua para abismos de tamanha demência ululante e imemorial, tão insólitas contradições de toda matéria, força, ordem cósmica. Uma montanha caminhava ou se arrastava. Deus! Quem se surpreende que ao redor do mundo um grande arquiteto tenha enlouquecido, e que o pobre Wilcox tenha desandado em febre naquele instante telepático? A Coisa dos ídolos, a cria verde e viscosa das estrelas, despertara para clamar seu direito. As estrelas estavam certas de novo, e o que um culto antiquíssimo falhara em conseguir de propósito, um bando de marinheiros inocentes havia feito por acidente. Após vigintilhões de anos o grande Cthulhu estava livre uma vez mais, e faminto por deleite.

Três homens foram varridos pelas garras flácidas antes que pudessem se mover: que Deus lhes dê paz, se é que há paz neste universo. Eram eles: Donovan, Guerrera e Ångstrom. Parker escorregou na direção do barco, enquanto os outros três mergulhavam desesperados pelas visões infinitas de rocha incrustada de verde, e Johansen

Johansen swears he was swallowed up by an angle of masonry which shouldn't have been there; an angle which was acute, but behaved as if it were obtuse. So only Briden and Johansen reached the boat, and pulled desperately for the *Alert* as the mountainous monstrosity flopped down the slimy stones and hesitated, floundering at the edge of the water.

Steam had not been suffered to go down entirely, despite the departure of all hands for the shore; and it was the work of only a few moments of feverish rushing up and down between wheel and engines to get the *Alert* under way. Slowly, amidst the distorted horrors of that indescribable scene, she began to churn the lethal waters; whilst on the masonry of that charnel shore that was not of earth the titan Thing from the stars slavered and gibbered like Polypheme cursing the fleeing ship of Odysseus. Then, bolder than the storied Cyclops, great Cthulhu slid greasily into the water and began to pursue with vast wave-raising strokes of cosmic potency. Briden looked back and went mad, laughing shrilly as he kept on laughing at intervals till death found him one night in the cabin whilst Johansen was wandering deliriously.

But Johansen had not given out yet. Knowing that the Thing could surely overtake the *Alert* until steam was fully up, he resolved on a desperate chance; and, setting the engine for full speed, ran lightning-like on deck and reversed the wheel. There was a mighty eddying and

jura que ele foi engolido por um ângulo na estrutura que não deveria estar ali; um ângulo agudo, mas que se comportava como obtuso. Portanto, apenas Briden e Johansen alcançaram o barco, e se apressaram em direção ao *Alert* enquanto a montanhosa monstruosidade defluía pelas pedras limosas e hesitava debatendo-se à margem das águas.

O vapor não havia se apagado por completo, a despeito de terem ido todos para a praia; e pôr o *Alert* em curso custou o trabalho de alguns momentos de pressa febril, de um lado para o outro, entre o leme e as máquinas. Lentamente, em meio aos horrores distorcidos daquela cena indescritível, começou a sacudir as águas letais; enquanto, na estrutura daquela praia bestial que não era desta terra, a Coisa titânica vinda das estrelas babava e bramia como Polifemo amaldiçoando o barco de Odisseu em fuga. Então, mais ousado do que o famoso ciclope, o grande Cthulhu deslizou untuoso para dentro d'água e se pôs a persegui-los erguendo as ondas com vastas braçadas de potência cósmica. Briden olhou para trás e ficou louco, gargalhando estridente, e seguiu gargalhando a intervalos até que a morte o encontrou uma noite na cabine, enquanto Johansen perambulava em delírio.

Mas Johansen não havia definhado, ainda. Sabendo que a Coisa certamente apanharia o *Alert* antes que o vapor estivesse no máximo, tomou uma resolução desesperada; e, ligando as máquinas em velocidade máxima, saiu como um raio pelo convés e inverteu a roda do leme. Formou-se um poderoso turbilhão espumante naquela sal-

foaming in the noisome brine, and as the steam mounted higher and higher the brave Norwegian drove his vessel head on against the pursuing jelly which rose above the unclean froth like the stern of a daemon galleon. The awful squid-head with writhing feelers came nearly up to the bowsprit of the sturdy yacht, but Johansen drove on relentlessly. There was a bursting as of an exploding bladder, a slushy nastiness as of a cloven sunfish, a stench as of a thousand opened graves, and a sound that the chronicler could not put on paper. For an instant the ship was befouled by an acrid and blinding green cloud, and then there was only a venomous seething astern; where – God in heaven! – the scattered plasticity of that nameless sky-spawn was nebulously *recombining* in its hateful original form, whilst its distance widened every second as the *Alert* gained impetus from its mounting steam.

That was all. After that Johansen only brooded over the idol in the cabin and attended to a few matters of food for himself and the laughing maniac by his side. He did not try to navigate after the first bold flight, for the reaction had taken something out of his soul. Then came the storm of April 2nd, and a gathering of the clouds about his consciousness. There is a sense of spectral whirling through liquid gulfs of infinity, of dizzying rides through reeling universes on a comets tail, and of hysterical plunges from the pit to the moon and from the moon back again to the pit, all livened by a cachinnating cho-

moura perniciosa, e enquanto o vapor fumava cada vez mais alto, o bravo norueguês levou sua nave a um choque frontal contra o predador gelatinoso que se erguia acima da escuma impura como a popa de um galeão demoníaco. A medonha cabeça de molusco com seus tentáculos contorcidos se agigantou diante do gurupés do barco robusto, mas Johansen seguiu implacável. Houve um estouro como o de uma bexiga que explodisse, uma repulsiva limosidade de peixe-lua fendido, um fedor como o de mil sepulcros abertos, e um som que o cronista não ousaria pôr no papel. Por um instante o navio foi aviltado com uma nuvem verde, acre e cegante, e depois apenas um ebulir venenoso atrás da popa; onde — Deus nas alturas! — a dispersa plasticidade daquela inominável cria celeste enevoadamente se *recombinava* em sua odiosa forma original, ao passo que sua distância se ampliava a cada segundo, pois o *Alert* ganhava o ímpeto de seu vapor crescente.

Isso foi tudo. Depois Johansen apenas cismava a respeito do ídolo na cabine e cuidava das questões de alimentação para si e para o gargalhante maníaco a seu lado. Ele não tentou navegar após a fuga ousada, pois aquela reação subtraíra algo de sua alma. Chegou então a tempestade de 2 de abril, e as nuvens se fecharam sobre sua consciência: uma sensação de vórtice espectral pelos líquidos golfos do infinito, de viagens vertiginosas através de universos oscilantes na cauda de um cometa, e de mergulhos histéricos a partir das profundezas da lua e da lua novamente às profundezas, tudo abalado por um coro escarnecedor de

rus of the distorted, hilarious elder gods and the green, bat-winged mocking imps of Tartarus.

Out of that dream came rescue — the *Vigilant*, the vice-admiralty court, the streets of Dunedin, and the long voyage back home to the old house by the Egeberg. He could not tell — they would think him mad. He would write of what he knew before death came, but his wife must not guess. Death would be a boon if only it could blot out the memories.

That was the document I read, and now I have placed it in the tin box beside the bas-relief and the papers of Professor Angell. With it shall go this record of mine — this test of my own sanity, wherein is pieced together that which I hope may never be pieced together again. I have looked upon all that the universe has to hold of horror, and even the skies of spring and the flowers of summer must ever afterward be poison to me. But I do not think my life will be long. As my uncle went, as poor Johansen went, so I shall go. I know too much, and the cult still lives.

Cthulhu still lives, too, I suppose, again in that chasm of stone which has shielded him since the sun was young. His accursed city is sunken once more, for the *Vigilant* sailed over the spot after the April storm; but his ministers on earth still bellow and prance and slay around idol-capped monoliths in lonely places. He must have been trapped by the sinking whilst within his black abyss,

deuses ancestrais distorcidos e burlescos, e de maliciosos diabretes do Tártaro, verdes e com asas de morcego.

Em meio a esse sonho chegou o resgate — o *Vigilant*, e a corte do vice-Almirantado, as ruas de Dunedin, e a longa viagem de volta para a velha casa junto do Egberg. Ele não poderia dizer nada — pensariam que enlouqueceu. Escreveria sobre o que havia conhecido antes que viesse a morte, mas sua esposa não poderia suspeitar. A morte seria uma bênção se pudesse ao menos apagar todas as suas memórias.

Esse foi o documento que li, e que pus agora na caixa de latão ao lado do baixo-relevo e dos papéis do professor Angell. Com ela irá este meu registro — o teste de minha própria sanidade, onde se acha recomposto o que espero jamais se recomponha de novo. Encarei tudo aquilo que o universo guarda de horror, e mesmo os céus da primavera e as flores do verão nada mais podem ser que veneno para mim. Mas não creio que minha vida seja longa. Assim como meu tio se foi, como o pobre Johansen se foi, também eu irei. Eu sei demais, e o culto ainda vive.

Cthulhu ainda vive também, eu suponho, novamente naquele precipício de pedra que o escudou desde que o sol era jovem. Sua maldita cidade está outra vez nas profundezas, pois o *Vigilant* navegou sobre o local após a tempestade de abril; mas seus ministros em terra ainda uivam e saltam e matam à volta de monolitos encabeçados por ídolos em lugares desertos. Deve ter ficado preso nos escolhos do naufrágio quando no fundo de seu abismo

or else the world would by now be screaming with fright and frenzy. Who knows the end? What has risen may sink, and what has sunk may rise. Loathsomeness waits and dreams in the deep, and decay spreads over the tottering cities of men. A time will come — but I must not and cannot think! Let me pray that, if I do not survive this manuscript, my executors may put caution before audacity and see that it meets no other eye.

negro, ou o mundo já agora gritaria de terror e tremor. Quem sabe qual será o final? O que se ergueu deve afundar, e o que afundou ainda voltará a se erguer. A abominação aguarda e sonha nas profundezas, e a ruína se espalha pelas instáveis cidades dos homens. Virá a hora — mas não devo e não posso pensar! Farei uma prece para que, se não sobreviver a este manuscrito, meus executores testamentários ponham a cautela antes da audácia e que isto não chegue a ainda outros olhos.

Notas

[1]A citação de abertura vem do romance *The Centaur* (O Centauro, 1911), de Algernon Blackwood (1869–1951). Lovecraft terá se baseado no estilo de Blackwood em criar expectativa e encerrar a narrativa no ápice de uma revelação, como acontece em *O Centauro.*

[2]Tipo de construção feito de rochas apoiadas umas nas outras, sem material de juntura.

[3]Efetivamente insólita. Sobre ela, Lovecraft escreveu em carta de 1934 a Duane Rimel, também autor de fantasia e horror, que "deveria representar uma tentativa humana desajeitada de fixar a fonética de uma palavra *absolutamente não-humana.* O nome da entidade infernal foi inventada por seres cujos órgãos vocais não eram como o do homem, daí não haver relação com o equipamento humano para fala (...) O som efetivo — tanto quanto os órgãos humanos poderiam imitá-lo ou as letras humanas poderiam registrá-lo — devem ser algo como *Khlûl'hloo,* com a primeira sílaba pronunciada guturalmente e espessa. O *u* é como aquele em *full*; e a primeira sílaba não é sonoramente diferente de *klul,* uma vez que *h* representa a aspereza gutural. A segunda sílaba não é muito pronunciada — o som *l,* mudo". "Notes", *in*: Lovecraft, H. P. *Tales* (Peter Straub, editor), New York, The Library of America, 2005, p. 830.

[4]*The Story of Atlantis* (1896) e *The Lost Lemuria* (1904), de William Scott-Elliot (1849–1919), teósofo inglês.

[5]*The Golden Bough* (os doze volumes foram publicados entre 1906–15), obra monumental de James George Frazer (1854–1941), antropólogo e folclorista escocês, e *The Witch-Cult in Western Europe* (1921), de Margaret Alice Murray (1863–1963), egiptóloga, antropóloga, folclorista, arqueóloga e historiadora anglo-indiana.

[6]"Os groenlandeses não fazem preces nem sacrifícios, e não praticam rito algum; eles creem, não obstante, na existência de certos seres sobrenaturais. O principal e mais poderoso desses seres é o *Torngarsuk*, invocado sobretudo pelos pescadores, e que eles por vezes representam sob a forma de um urso, por vezes sob a de um homem com um só braço, por vezes, enfim, sob a forma de uma grandíssima criatura humana como um dos dedos da mão", *in*: Plancy, J. Collin de. *Dictionnaire Infernale* (sixième édition, augmentée de 800 articles nouveaux), Paris, Henri Plon, Imprimeur-Éditeur, 1863, p.661.

[7]Jean e Pierre Lafitte, piratas franceses que, no começo do século XIX, se estabeleceram na Louisiana.

[8]Picrre Le Moyne d'Iberville (1661–1706), soldado, explorador e administrador colonial, o francês d'Iberville foi um dos fundadores de La Luoisiane, agora a Louisiana; René-Robert Cavalier, Sieur de La Salle (1643–1687), explorador e comerciante de peles que expedicionou pelo rio Mississippi.

[9]Sidney Herbert Sime (1865–1941), artista inglês, conhecido por suas ilustrações das obras fantásticas de Lord Dunsany (1878–1957); Anthony Angarola (1893–1929), artista estadunidense que ilustrou, por exemplo, *A Kingdom of Evil, a Continuation of the Journal of Fantazius Mallare* (1924), de Ben Hecht (1893–1964).

[10]Cidade perdida mencionada no Corão.

[11]*Necronomicon* é o título de um grimório fictício, daquele autor árabe fictício, ambos inventados por Lovecraft. O nome original em árabe seria *Al Azif*, que propõe o ruído dos insetos à noite como sendo o ruído das vozes dos demônios. O livro foi famosamente usado na trilogia de filmes de horror sobrenatural de Sam Raimi, *Evil Dead* (1981–1992), mas é referido lá como antigo livro sumério. Raimi, além disso, usou na abertura do filme a sonoplastia de insetos para efeito perturbador, assim como William Friedkin o fez em *The Exorcist* (1973).

[12]Arthur Machen (1863–1947) escritor e místico galês, cuja fama literária no meio fantástico se dá especialmente pela novela *The Great God Pan* (1894), admirada por Lovecraft e também por Stephen King, que a considera "talvez a melhor história de horror da língua inglesa";

Clark Ashton Smith (1893–1961), escritor e ilustrador estadunidense: seu universo visual tem muita semelhança com o tipo de imagens construídas por Lovecraft, mas também (e talvez sobretudo) seu estilo de escrita. Seus poemas em verso e prosa trazem títulos como "Eidolon", "The Dream-God's Realm", "The Abyss Triumphant" e "The Abomination of Desolation". Este último, por exemplo, começa da seguinte maneira: "Do deserto de Soom se diz que jaz no extremo inexplorável do mundo, entre as terras pouco conhecidas e as que sequer se conjecturou. É temida pelos viajantes, por suas areias nuas e moventes, sem oásis, e rumores dizem que um estranho horror reside ali".

[13]Castelo próximo da região portuária em Oslo, mandado construir por Einar Westye Egeberg (1851–1940). Também o nome de uma geleira na Antárctica.

[14]Grafado "Christiana" no original inglês de Lovecraft. Em 1624 a cidade conhecida como Oslo foi renomeada *Christiania* em homenagem ao rei Christian IV, após um incêndio devastador. Em 1877 a grafia foi trocada por *Kristania* e, em 1925, a cidade mais ampla incorporou a antiga região de Oslo, e foi renomeada assim.

[15]Nativo das Índias Orientais.

[16]Mantém-se a grafia do nome como Lovecraft o escreveu, à espanhola.

HEDRA EDIÇÕES

1. *Iracema*, Alencar
2. *Don Juan*, Molière
3. *Contos indianos*, Mallarmé
4. *Auto da barca do Inferno*, Gil Vicente
5. *Poemas completos de Alberto Caeiro*, Pessoa
6. *Triunfos*, Petrarca
7. *A cidade e as serras*, Eça
8. *O retrato de Dorian Gray*, Wilde
9. *A história trágica do Doutor Fausto*, Marlowe
10. *Os sofrimentos do jovem Werther*, Goethe
11. *Dos novos sistemas na arte*, Maliévitch
12. *Mensagem*, Pessoa
13. *Metamorfoses*, Ovídio
14. *Micromegas e outros contos*, Voltaire
15. *O sobrinho de Rameau*, Diderot
16. *Carta sobre a tolerância*, Locke
17. *Discursos ímpios*, Sade
18. *O príncipe*, Maquiavel
19. *Dao De Jing*, Lao Zi
20. *O fim do ciúme e outros contos*, Proust
21. *Pequenos poemas em prosa*, Baudelaire
22. *Fé e saber*, Hegel
23. *Joana d'Arc*, Michelet
24. *Livro dos mandamentos: 248 preceitos positivos*, Maimônides
25. *O indivíduo, a sociedade e o Estado, e outros ensaios*, Emma Goldman
26. *Eu acuso!*, Zola | *O processo do capitão Dreyfus*, Rui Barbosa
27. *Apologia de Galileu*, Campanella
28. *Sobre verdade e mentira*, Nietzsche
29. *O princípio anarquista e outros ensaios*, Kropotkin
30. *Os sovietes traídos pelos bolcheviques*, Rocker
31. *Poemas*, Byron
32. *Sonetos*, Shakespeare
33. *A vida é sonho*, Calderón
34. *Escritos revolucionários*, Malatesta
35. *Sagas*, Strindberg
36. *O mundo ou tratado da luz*, Descartes
37. *O Ateneu*, Raul Pompeia
38. *Fábula de Polifemo e Galateia e outros poemas*, Góngora
39. *A vênus das peles*, Sacher-Masoch
40. *Escritos sobre arte*, Baudelaire
41. *Cântico dos cânticos*, [Salomão]
42. *Americanismo e fordismo*, Gramsci
43. *O princípio do Estado e outros ensaios*, Bakunin
44. *História da província Santa Cruz*, Gandavo
45. *Balada dos enforcados e outros poemas*, Villon
46. *Sátiras, fábulas, aforismos e profecias*, Da Vinci
47. *O cego e outros contos*, D.H. Lawrence

48. *Rashômon e outros contos*, Akutagawa
49. *História da anarquia (vol. 1)*, Max Nettlau
50. *Imitação de Cristo*, Tomás de Kempis
51. *O casamento do Céu e do Inferno*, Blake
52. *Cartas a favor da escravidão*, Alencar
53. *Utopia Brasil*, Darcy Ribeiro
54. *Flossie, a Vênus de quinze anos*, [Swinburne]
55. *Teleny, ou o reverso da medalha*, [Wilde et al.]
56. *A filosofia na era trágica dos gregos*, Nietzsche
57. *No coração das trevas*, Conrad
58. *Viagem sentimental*, Sterne
59. *Arcana Cœlestia* e *Apocalipsis revelata*, Swedenborg
60. *Saga dos Volsungos*, Anônimo do séc. XIII
61. *Um anarquista e outros contos*, Conrad
62. *A monadologia e outros textos*, Leibniz
63. *Cultura estética e liberdade*, Schiller
64. *A pele do lobo e outras peças*, Artur Azevedo
65. *Poesia basca: das origens à Guerra Civil*
66. *Poesia catalã: das origens à Guerra Civil*
67. *Poesia espanhola: das origens à Guerra Civil*
68. *Poesia galega: das origens à Guerra Civil*
69. *O pequeno Zacarias, chamado Cinábrio*, E.T.A. Hoffmann
70. *Tratados da terra e gente do Brasil*, Fernão Cardim
71. *Entre camponeses*, Malatesta
72. *O Rabi de Bacherach*, Heine
73. *Bom Crioulo*, Adolfo Caminha
74. *Um gato indiscreto e outros contos*, Saki
75. *Viagem em volta do meu quarto*, Xavier de Maistre
76. *Hawthorne e seus musgos*, Melville
77. *A metamorfose*, Kafka
78. *Ode ao Vento Oeste e outros poemas*, Shelley
79. *Oração aos moços*, Rui Barbosa
80. *Feitiço de amor e outros contos*, Ludwig Tieck
81. *O corno de si próprio e outros contos*, Sade
82. *Investigação sobre o entendimento humano*, Hume
83. *Sobre os sonhos e outros diálogos*, Borges | Osvaldo Ferrari
84. *Sobre a filosofia e outros diálogos*, Borges | Osvaldo Ferrari
85. *Sobre a amizade e outros diálogos*, Borges | Osvaldo Ferrari
86. *A voz dos botequins e outros poemas*, Verlaine
87. *Gente de Hemsö*, Strindberg
88. *Senhorita Júlia e outras peças*, Strindberg
89. *Correspondência*, Goethe | Schiller
90. *Índice das coisas mais notáveis*, Vieira
91. *Tratado descritivo do Brasil em 1587*, Gabriel Soares de Sousa
92. *Poemas da cabana montanhesa*, Saigyō
93. *Autobiografia de uma pulga*, [Stanislas de Rhodes]
94. *A volta do parafuso*, Henry James
95. *Ode sobre a melancolia e outros poemas*, Keats
96. *Teatro de êxtase*, Pessoa
97. *Carmilla — A vampira de Karnstein*, Sheridan Le Fanu

98. *Pensamento político de Maquiavel*, Fichte
99. *Inferno*, Strindberg
100. *Contos clássicos de vampiro*, Byron, Stoker e outros
101. *O primeiro Hamlet*, Shakespeare
102. *Noites egípcias e outros contos*, Púchkin
103. *A carteira de meu tio*, Macedo
104. *O desertor*, Silva Alvarenga
105. *Jerusalém*, Blake
106. *As bacantes*, Eurípides
107. *Emília Galotti*, Lessing
108. *Viagem aos Estados Unidos*, Tocqueville
109. *Émile e Sophie ou os solitários*, Rousseau
110. *Manifesto comunista*, Marx e Engels
111. *A fábrica de robôs*, Karel Tchápek
112. *Sobre a filosofia e seu método — Parerga e paralipomena (v. II, t. I)*, Schopenhauer
113. *O novo Epicuro: as delícias do sexo*, Edward Sellon
114. *Revolução e liberdade: cartas de 1845 a 1875*, Bakunin
115. *Sobre a liberdade*, Mill
116. *A velha Izerguil e outros contos*, Górki
117. *Pequeno-burgueses*, Górki
118. *Primeiro livro dos Amores*, Ovídio
119. *Educação e sociologia*, Durkheim
120. *Elixir do pajé — poemas de humor, sátira e escatologia*, Bernardo Guimarães
121. *A nostálgica e outros contos*, Papadiamántis
122. *Lisístrata*, Aristófanes
123. *A cruzada das crianças/ Vidas imaginárias*, Marcel Schwob
124. *O livro de Monelle*, Marcel Schwob
125. *A última folha e outros contos*, O. Henry
126. *Romanceiro cigano*, Lorca
127. *Sobre o riso e a loucura*, [Hipócrates]
128. *Hino a Afrodite e outros poemas*, Safo de Lesbos
129. *Anarquia pela educação*, Élisée Reclus
130. *Ernestine ou o nascimento do amor*, Stendhal
131. *Odisseia*, Homero
132. *O estranho caso do Dr. Jekyll e Mr. Hyde*, Stevenson
133. *História da anarquia (vol. 2)*, Max Nettlau
134. *Eu*, Augusto dos Anjos
135. *Farsa de Inês Pereira*, Gil Vicente
136. *Sobre a ética — Parerga e paralipomena (v. II, t. II)*, Schopenhauer
137. *Contos de amor, de loucura e de morte*, Horacio Quiroga
138. *Memórias do subsolo*, Dostoiévski
139. *A arte da guerra*, Maquiavel
140. *O cortiço*, Aluísio Azevedo
141. *Elogio da loucura*, Erasmo de Rotterdam
142. *Oliver Twist*, Dickens
143. *O ladrão honesto e outros contos*, Dostoiévski
144. *O que eu vi, o que nós veremos*, Santos-Dumont

145. *Sobre a utilidade e a desvantagem da histório para a vida*, Nietzsche
146. *Édipo Rei*, Sófocles
147. *Fedro*, Platão
148. *A conjuração de Catilina*, Salústio
149. *O chamado de Cthulhu*, H. P. Lovecraft

«SÉRIE LARGEPOST»

1. *Dao De Jing*, Lao Zi
2. *Escritos sobre literatura*, Sigmund Freud
3. *O destino do erudito*, Fichte
4. *Diários de Adão e Eva*, Mark Twain
5. *Diário de um escritor (1873)*, Dostoiévski

«SÉRIE SEXO»

1. *A vênus das peles*, Sacher-Masoch
2. *O outro lado da moeda*, Oscar Wilde
3. *Poesia Vaginal*, Glauco Mattoso
4. *Perversão: a forma erótica do ódio*, Stoller
5. *A vênus de quinze anos*, [Swinburne]
6. *Explosao: romance da etnologia*, Hubert Fichte

COLEÇÃO «QUE HORAS SÃO?»

1. *Lulismo, carisma pop e cultura anticrítica*, Tales Ab'Sáber
2. *Crédito à morte*, Anselm Jappe
3. *Universidade, cidade e cidadania*, Franklin Leopoldo e Silva
4. *O quarto poder: uma outra história*, Paulo Henrique Amorim
5. *Dilma Rousseff e o ódio político*, Tales Ab'Sáber
6. *Descobrindo o Islã no Brasil*, Karla Lima
7. *Michel Temer e o fascismo comum*, Tales Ab'Sáber
8. *Lugar de negro, lugar de branco?*, Douglas Rodrigues Barros

COLEÇÃO «ARTECRÍTICA»

1. *Dostoiévski e a dialética*, Flávio Ricardo Vassoler
2. *O renascimento do autor*, Caio Gagliardi
3. *O homem sem qualidades à espera de Godot*, Robson de Oliveira

«NARRATIVAS DA ESCRAVIDÃO»

1. *Incidentes da vida de uma escrava*, Harriet Jacobs
2. *Nascidos na escravidão: depoimentos norte-americanos*, WPA
3. *Narrativa de William W. Brown, escravo fugitivo*, William Wells Brown

Adverte-se aos curiosos que se imprimiu este livro em nossas oficinas, em 16 de setembro de 2020, em tipologia Formular e Libertine, com diversos sofwares livres, entre eles, LuaLaTeX, git & ruby.
(v. 9c1c7b8)